その エピローグに 私はいない

Sono epilogue ni
watashi ha inai
by kozakura nana

小桜菜々

イラスト／MM

デザイン／北國ヤヨイ（ucai）

もくじ

そのエピローグに私はいない

ずっと同じ気持ちでいるなんて、簡単なことだと思ってた。

この幸せな日々が、翳《かげ》ることなく続いていく。

あの頃の私は、愚かなほどにそう信じていた。

＊

街中で元彼と偶然会う確率って、一体どれくらいなんだろう。

「りりあ？」

大学で用事を済ませた帰り道、外灯に照らされてぱらぱらと降りしきる雪を見上げながら歩いていた私の背中に、聞き慣れた声が届いた。正しくは、聞き慣れていた、だけれど。

もう立ち直ったはずだったのに、声を聞いただけで胸がぎゅっと締めつけられる。

いっそのこと幻聴であってほしいような、同じくらい現実であってほしいような、矛盾した気持ちを抱えながらゆっくりと振り返った。

「……波瑠《はる》」

半年ぶりに呼んだ名前は、さらに私の胸を締めつけた。

変わらないな、波瑠は。なんとなく愛嬌《あいきょう》がある顔立ちも、優しさと少年っぽさが滲《にじ》み出ているまんまるの目と大きな口も。

大人になってからの半年間でそんなに変わるはずがないのに、記憶通りの姿に安堵《あんど》する。

波瑠は、私が高校生の頃から半年前——大学四年の初夏まで五年間付き合っていた人だった。

「……久しぶりだな、りりあ」

元彼と再会したときの正解なんて、街中で偶然会う確率よりももっとわからない。

「うん、久しぶり。元気だった？」

「元気だよ。りりあも元気そうだな」

元気そうというのは、今目の前にいる私を見た感想なのだろうか。それとも、今でも私のＳＮＳを覗《のぞ》いているのだろうか。

「ねえ、波瑠」

「なに？」

「時間あるなら、ちょっとお茶しない？」

偶然再会した元彼をこんなふうに誘っていいのかも、私にはわからない。

下心がないとは言えない。だって私は、波瑠に未練たらたらなのだとたった今気づいてしまったのだから。

そして、

「俺はいいけど……りりあはいいの？　その……俺なんかと」

私に対して罪悪感があるだろう波瑠が私の誘いを断れないことも、わかっていたのだから。

「嫌だったら誘わないよ」

「あ……そっか。じゃあ、ちょっと話そっか。行きたい店ある？」

「今日は波瑠に決めてほしい」

付き合っていた頃、お店選びは私の担当だった。というか、私が行きたいお店ばかり付き合わせていたのだ。波瑠が選んでくれることもあったけれど、今思えば私が好きそうなお店を探してくれていたのだろう。

だから、波瑠が選んだ場所に行ってみたいと思った。

そんなの今さらだと、わかっていても。

波瑠に連れていかれたのは、中島公園《なかじまこうえん》駅付近にあるこぢんまりとした喫茶店だった。

「……え？」

見覚えがある。とてつもなく。

クリーム色を基調とした可愛《かわい》らしい外観も、『本日のメニュー』がいくつかと『犬アレルギーの方や苦手な方はご遠慮ください』という注意書きがあるスタンド式の黒板も、ガラスドアの横の『喫茶こざくら』という看板も。

来週はクリスマスだというのにツリーやリースは飾られておらず、まるでここだけ別世界みたいに恐ろしくいつも通りだった。

「あれ？　もしかして来たことある？」

波瑠の問いに「まあ、うん」と曖昧《あいまい》に答える。まさか波瑠もここを知っているとは思わなかった。

この『喫茶こざくら』に来たのは一度だけ。それでも到底忘れられない場所だった。波瑠との別れを決意した場所なのだから。

「りりあがこういう店来るってなんか意外。あ、でも隠れ家っぽい店も人気とか？」

「まあ、うん」

再び曖昧に答えると、波瑠は不思議そうに小首を傾げた。

「ここで大丈夫？」

「うん。……大丈夫」

今の時期は、どのお店も浮足立って煌《きら》びやかな装飾を施している。普段ならワクワクしてしまう浮かれた空間も、今の私にはちょっと眩《まぶ》しすぎてしんどい。サンタクロースの帽子をかぶった店員さんに元気よく迎えられでもすれば、自分たちがアウェイに感じて気後れしてしまうだろう。だったら微塵《みじん》もクリスマスに浮かれていないうえ人目に触れにくい、この場所がちょうどいいかもしれない。

彼女が私を忘れてくれていることを願いながら、小さく頷《うなず》いた。


たまたま同じ場所に同じ外観で同じ名前のお店が建っているなんて偶然があるはずもなく、店内も私の記憶そのままだった。

淡い色の木目を基調としたナチュラルな内装も、ところどころに置かれている最低限のインテリアと観葉植物も、カウンター席に四脚ある足長の椅子も、四人がけのテーブル席も。ＢＧＭは相変わらずｂｌａｃｋ ｎｕｍｂｅｒ《ブラックナンバー》一択のようだ。

そして超無表情のマスターも今にも噛《か》みついてきそうなクリーム色のチワワも、思いきり見覚えがある。ただしひとつだけ前回と違ったのは、マスターはサンタさんの帽子をかぶり、ワンちゃんは赤い衣装を着ていたことだ。一応多少は浮かれているらしかった。

「……ませ」

素早く帽子を脱いだマスターのサイレントボイスも変わらない。

「こんばんはー。りりあ、どの席がいい？」

波瑠に問われ、店内を見渡した。今日は私たち以外にお客さんがいないから好きな席に座れる。

　昔なら、波瑠は迷わずカウンター席を選んでいただろう。そして私は、料理をたくさん並べたいからテーブル席がいいと駄々をこねるのだ。

　今日は料理の写真を撮るつもりはない。だけど私たちはもう、カウンター席で肩を並べるような間柄じゃない。

　こうなることがわかっていたら、あの頃の私は素直にカウンター席を選んでいたのだろうか。隣に座って、必要以上に椅子を近づけて、下手をすればキスをしてしまいそうな距離で笑い合っていただろうか。

「奥のテーブル席がいいかな」

　意味のない空想を打ち消して、四つあるテーブル席の中から、かつて私が波瑠との別れを決意した席を指さした。わかったと答えた波瑠は、目も合わせてくれないマスターに一応会釈をしてから私が指定した席へと歩いていく。迷わず手前の椅子を引き、当たり前みたいに奥の席を私に譲ってくれる。

　波瑠のこういう小さな優しさを、私はどれだけ見逃していたのだろう。どれだけ、無下にしてきたのだろう。

「久しぶりだな、りりあ」

「それ二回目だよ」

「あ、そっか。……とりあえずなんか頼もっか。なに飲む？」

波瑠がメニュー表を開いて私に向ける。前回はゆっくりとメニュー表を見る余裕なんてなかったけれど、改めて見れば喫茶店なのにお酒の種類が豊富で、食事のレパートリーはなぜかほぼ居酒屋だった。どこまでも変……いや、不思議なお店だ。

一応ソフトドリンクもあるようなので、ひと通り目を通す。

「カフェラテにしようかな」

「そっか。じゃあ俺は……なににしようかな。ちょっと待って」

横並びよりはましだと思ったのに、向かい合ったらそれはそれで気まずかった。波瑠も同じなのだろう、不自然なくらいにメニューを凝視している。

気まずい空気を断ち切るきっかけを掴《つか》めずにいたとき、途端に天井からドタバタと足音が聞こえてきた。足音が一旦遠ざかり、再び近づいてくる。音を視線で追っていると、カウンターと厨房の間にある階段から、白いもこもこつきの赤いエプロンをした小柄な女性が顔を覗かせた。もちろんサンタ帽もかぶっている。

「いらっしゃいまー……え？」

どうか私のことを忘れてくれていますように、という祈りは届かなかったようだ。このお店の従業員でありマスターの奥さんでもある結季《ゆき》さんは、私と波瑠を見て固まった。

「あの……お久しぶりです」

結季さんの正直すぎる視線にいたたまれなくなりつつ、おずおずと挨拶をする。

「久しぶりだね……」とまるで感慨がこもっていない返事をくれた結季さんは、なぜか私よりも波瑠に驚いているようだった。

結季さんの強烈な圧に気づいた波瑠は、きょとんとしながら「お久しぶりです」と返し、メニューに視線を戻す。それでもなお結季さんは波瑠をガン見しながら「注文決まったら教えてね……」と棒読みで呟《つぶや》き、トコトコと寄ってきたワンちゃんを抱っこして、ちらちらと波瑠を見ながらカウンターの奥へ歩いていった。なにやらマスターとひそひそ話をしている。

なんだろうと考える間もなく、いらない勘が働く。

もしかして、波瑠がこのお店に来ていたのは——あの子と一緒だったのだろうか。あるいは、過去形ではなく現在進行形であの子と一緒にこのお店へ通っているのだろうか。そうだとしたら、結季さんがあからさまに驚くのも納得できる。

もしも私の勘が当たっているとしたら、そんなお店に元カノを連れてくるなんてどういう神経をしているのか。そして同時に波瑠らしくもある。こういうちょっと無神経なくらい鈍感なところも、私は嫌じゃなかった。

「りりあ、ごめん。俺ビール飲んでいい？」

いよいよ気まずさに耐えられなくなったのだろう。それは私も同じだ。なにより、否応なしに波瑠とあの子が笑い合っている姿を想像してしまう。この妄想をかき消してくれるのはアルコール以外に思い浮かばなかった。

「いいよ。やっぱり私も飲もうかな」

結季さんを呼び、やはり意味深な顔つきで波瑠をガン見する結季さんに注文を伝えた。間もなくしてビールとモスコミュール、そして「これ余ってるからサービス……」といまいち感情のこもっていないトーンで、フライドポテトやウインナーなどのアラカルトをテーブルに置いた。

去っていく結季さんの後ろ姿を不思議そうに見送った波瑠は、こっちを向いてグラスを掲げた。

「じゃあ、えっと……とりあえず乾杯」

「うん、乾杯」

グラスが音を立てて重なる。あまり強くないくせに、波瑠は半分ほど一気に飲んだ。そして目を泳がせながら手の甲で口元を拭う。

「波瑠、緊張しすぎ」

「……りりあもだろ」

「波瑠ほどじゃないよ」

ふたりの間に、やっと笑みがこぼれた。

「だってさ、いきなりお茶しようなんて誘われたらちょっと怖いだろ。ボロクソ文句言われんのかなって。……会ったの、別れて以来だったし」

「ボロクソ文句言っていいの？」

「それは……だめ、とか言える立場じゃないだろ、俺は」

やはり波瑠は、今でも私に対して多大な罪悪感を抱えている。

ボロクソ言ってもいいなら言ってやりたかった。五年も付き合っていたのに、私がちょっと放置したくらいであっさり他の女に乗り換えやがってこんにゃろう、と自分のことを棚に上げて。

だけど、誘った目的はそんなことじゃない。

なにより、波瑠だけが悪かったわけじゃない。

ただ、私は。

「文句言いたくて誘ったわけじゃないよ。ただ、久しぶりに波瑠と話してみたかっただけ」

波瑠はほっとしたように頬と唇を綻《ほころ》ばせた。

改めて乾杯し、たわいのない会話を互いに振る。アルコールが回ってくると舌が滑らかになっていく。波瑠もやっと緊張が解けたのか、よく笑うようになっていた。

こうしていると、まるで付き合い始めた頃に戻ったみたいだ。まだ高校生でお金もなかった私たちは、チェーンのファミレスにドリンクバーだけで何時間も居座った。どれだけ話しても会話が尽きなくて、どれだけくだらない話でもお腹を抱えて笑った。そんななんでもない時間が幸せで、明日になればまた学校で会えるとわかっていても『ばいばい』を言いたくなくて、店員さんからの圧を察してもなかなか帰ることができなかった。

波瑠を見ていると、思う。

ああ、この笑顔、やっぱり好きだなあ、と。

どうしてあのとき、手放してしまったのだろう、と。

◇◇◇

波瑠とは高校二年のときに同じクラスになり、席が近かったから自然と話すようになり、なんとなくお互い意識し始め、波瑠に告白されて付き合い始めた。

その間は三か月だ。それが出会いから付き合うまでの期間として長いのか短いのかはわからない。彼氏ができたのは初めてだったから。

付き合い始めてから初体験まで要した期間は五か月。それが早いのか遅いのかも、私にはわからない。

「え、まじで?」

初体験のあと、波瑠の香りがするベッドでごろごろしていたとき。

私にとって波瑠が初彼氏であり、今日が初体験だったことを伝えると、波瑠はこっちがびっくりしてしまうくらいに仰天していた。

「なんで驚くの? 私そんなに遊んでそう?」

「いやそうじゃなくて。りりあ絶対モテるじゃん。裏でみんなになんて呼ばれてるか知ってる?」

「なにそれ怖い。その言い方絶対悪口じゃん」

「裏でって言い方が悪かった。全然悪口じゃなくて」

「もったいぶらないでよ。なんて呼ばれてるの?」

「ヒロイン」

想定外すぎて思わず絶句する。

「……ディスられてる?」

「違うだろ。可愛くてキラキラしてて、少女漫画とかドラマとかのヒロインみたいだって。自分持ってるかっこいい系の」

なんだそれ。

再び絶句する私をよそに、波瑠はまるで自分が褒められているみたいに誇らしげに笑っていた。

買いかぶりすぎだと思いながら、揶揄《やゆ》ではないらしいことに心の底からほっとした。

今の私しか知らない人たちが昔の私を見たら、きっとさっきの波瑠みたいに仰天するだろう。

当時の私はとにかく地味でおとなしかった。というのも、私が通っていた小学校はお洒落《しゃれ》どころかスカートを穿《は》いただけで『ぶりっこ』『あざとい』などと言われるような学校だったのだ。たぶん男の子からの視線を意識するような素振りを見せることがご法度だったのだと思う。事実、お洒落を楽しんだばかりにハブかれた子を何人も見てきた。だから私は、とにかく目立たないことを心がけ、憧れていた女の子らしい可愛い服装を封印せざるを得なかった。

中学生になると小学校より生徒数も増え、ちょっとだけ世界が広がった気がした。私服から制服になり、当たり前にスカートを穿ける。お洒落に興味を持つ子も増え、周囲の目がいくらか寛容になってきたのを見計らって、私も封印していたお洒落を徐々に開放していった。努力の甲斐あって、可愛い、お洒落と褒めてもらえるようになっていった。

だけど、中学生になったところで小学生の頃と大して変わらないのだと思い知ることになる。

褒め言葉を素直に受け取って喜びでもすればハブにされる。『あいつがりりあのこと好きらしい』という噂《うわさ》が流れれば『へえーりりあ可愛いもんね』と嘲笑《ちょうしょう》をお見舞いされる。かといって謙遜しすぎると、それはそれで『褒めてんのになんでそんな疑うの？　うちらのこと信じらんないの？』みたいな空気になる。たとえ、謙遜ではなく本心だとしても。どちらにしろ、反応を間違えれば反感を買うのだ。女子の世界は、とんでもなく難しい。

お洒落をしているのは私だけじゃなかった。私なんかよりずっと男の子にモテる子だっていた。なのになぜ自分ばかりがこんなに敵対心を持たれるのかわからないと当時の友達に泣き言を漏らすたび、返ってくるのは毎回同じ台詞《せりふ》だった。

——りりあは可愛いしキラキラしてるからしょうがないよ。

その理屈は、私にはわからなかった。ただ、これ以上嫌われたくないと怯《おび》えることしかできなかった。そして私は、再び地味な私に戻ったのだった。

だけど、ずっとそんな自分が嫌いだった。本当は女の子らしい可愛い服を着たいのに、メイクやヘアアレンジに憧れていたのに、恋だって興味があったのに、周囲の子たちの顔色ばかり窺《うかが》いながら偽ってばかりいる自分が。

環境にも偽りの自分にも限界を感じた私は、謎のルールで縛られている閉塞的な田舎を抜け出したくて今の高校を受験し、念願のお洒落デビューを果たしたのだった。

自分がしたいことをする。ただそれだけで、鎧《よろい》を纏《まと》ったみたいに強くなれた気がした。

「ヒロインみたいってわかるよ。彼女が周りにそういうふうに言われて嬉《うれ》しいし、りりあが彼女なのすげえ自慢。なんかこう、世界中に言いふらしたいくらい」

波瑠の笑顔は、褒められたときに裏があるのではと真っ先に疑ってしまう私の悪い癖を綺麗《きれい》さっぱり吹き飛ばした。

波瑠の言葉はいつだってまっすぐだ。途中で不純物が混じることなく、まっさらなまま私に届く。

だから私も、波瑠の前では素直になれた。

「言いふらしていいよ。私も波瑠が彼氏なの自慢だから」

「俺なんか彼氏でも自慢にならないだろ」

「私にとっては自慢なんだよ」

波瑠が照れくさそうに、そして嬉しそうに微笑んだ。

私だけに向けられる屈託のない笑顔にどれだけ救われていたのか、波瑠はきっと知らない。

＊

「……やば」

高校三年の夏、私はスマホの画面を見ながら我が目を疑った。教室の隅で縮こまっていた私は、飛び上がって波瑠の姿を捜した。

「ねえ波瑠、見て見て！　バズった！　バズっちゃったよ！」

ちょうど食堂から戻ってきた波瑠を見つけると、すぐに駆け寄ってスマホの画面を向ける。波瑠は困惑しながら画面を見て、やがてぎゅっと寄せていた眉を上げた。

「え、ガチ？　やべえじゃん！　再生回数百万超えてんじゃん！」

「だよね！　私の見間違いじゃないよね！」

高校三年になった私は、ＳＮＳで見つけた『Kotone.』という女性を推すようになっていた。ファッションやインテリアや料理など、愛犬と過ごすお洒落なライフスタイルを発信している札幌《さっぽろ》在住のインフルエンサーだ。

きっかけは、何気なくインスタを閲覧していたときにおすすめに流れてきたことだった。同じ札幌在住という共通点に加え、『Kotone.』さん自身と愛犬の可愛さ、女子の憧れを詰め込んだようなライフスタイルに抜群のセンス、つい目を奪われてしまう動画の構成力にどっぷり沼ってしまったのだ。

推しができたと波瑠に報告したとき、返ってきたのはまったくもって予想外の提案だった。

——りりあもやってみればいいじゃん。インスタもっと更新してさ。動画も見てるだけじゃなくて投稿してみれば？　りりあなら絶対バズるって。

もともと興味はあった。だけど普通に生活しているだけで女子からの鋭い視線を感じることがしばしばあるのだ。ＳＮＳに投稿なんてしたら、その悪意がさらに拡散される気がして怖かった。

だけど今は、たとえ反感を買ったとしても波瑠が味方でいてくれる。波瑠以上に心強い味方はいない。

私の背中を押してくれるのは、いつも波瑠だった。

——じゃあ、やってみようかな。

それから流行しているダンス動画を友達と一緒に撮影して投稿するようになり、何個目かの動画がバズったのだった。

波瑠を囲んでいた男子も歓声を上げ、クラスメイトたちが何事かと集まってくる。やがて教室内はまるで学校祭のときみたいに盛り上がった。

このとき、誰よりも喜んでいたのはもちろん私だ。

同時に、今後のことを想像しながら誰よりも冷めた目で周りを見ていたのも私だった。

動画がバズってから、プロフィールのリンクに貼っていたインスタのフォロワー数も激増した。どんどん増えていく数字に引き込まれるように、ほとんど閲覧専用だったインスタを積極的に投稿するようになった。

だけど、女子の世界はそんなに甘くない。

「りりあ最近やばくない?」

放課後の教室に忘れ物を取りに行ったとき、自分の悪口を言われている現場に遭遇してしまう。あまりにもベタな展開だけれど、こういうシチュエーションを経験したことのない女子などいるのだろうか。

少なくとも、私は今回が初めてではない。一度や二度でもない。

「動画バズってからインスタとTikTok上げまくってんだけど。インフルエンサー気取りかよ」

「てかヒトミ可哀想じゃない? りりあに付き合って一緒に動画撮ってやったのにさ、コメント『右の子可愛い』ばっか」

「自分がよければいいんだって。なんかそういうオーラ出てんじゃん。ああいうタイプは人の気持ちなんか考えないよ」

「え、てかさ、りりあってぱっと見可愛いけど近くで見たら実際大したことないよね。一年のマシロちゃんの方がよっぽど可愛い。見たことある？　あれは本物だよ」

「それな」

三人の爆発的な笑いが鼓膜に突き刺さり、まるで脳をかき混ぜられているみたいな激しい眩暈《めまい》に襲われた。

ほら見ろ、と思わずにはいられない。こうなることくらい予測できていた。こんなの何度も経験してきたことなのだ。だからこそ、あの日盛り上がっているクラスメイトたちに冷めた視線を送らずにはいられなかった。みんながみんな心から祝福してくれるわけがない。

これだから放課後の教室は嫌いだ。昼間は白々しいほど活気に溢《あふ》れているのに、日が傾くにつれて悪意に満ちていく。もっと広い世界へ行けばがんじがらめになることなどないと思っていたのに、結局どこにいたってそれほど変わらない。

自分の悪口なんか聞きたくない。なのに、この場から去ることも教室に乗り込んで反論することもできない。今の私にできるのは、ドアの陰に隠れて気配を殺しながら震えることだけ。

よほど私に対する鬱憤が溜まっているらしく、彼女たちは〝りりあという女〟をテーマに討論を繰り広げていた。

一分か、五分か、十分か。

時間の感覚さえもなくなった頃、落としていた視線の先に上履きが映った。

嫌な予感がして恐る恐る頭を上げれば、顔を紅潮させた波瑠が立っていた。

——りりあが彼女なのすげえ自慢。

波瑠はとびきりの笑顔でそう言ってくれたのに。自慢の彼女どころか、これでもかというほど悪口を言われている。こんな現場、波瑠にだけは見られたくなかった。

波瑠は再び俯《うつむ》いた私の手を取り、無言のまま廊下を駆けていく。

昇降口で立ち止まった波瑠は、眉根を寄せてまっすぐに私を見た。

「あんなの、ただの嫉妬だから」

強い口調で言い放った波瑠の表情は、まるで私より傷ついているみたいだった。

こういうとき、例えば少女漫画のヒーローなら教室に乗り込んで怒ったりするのかもしれない。それが王道であり、女子のキュンポイントなのだろう。

だけど私にとっては、立ち去るという波瑠の判断が最善だった。火に油を注いでほしくないし、明日から気まずさを抱えたまま彼女たちと同じ教室で過ごすのも面倒だ。

だから私は、なにも知らないふりをしていつも通りに過ごす。たとえ、陰でどんなに誹謗されようと。

今までだって、ずっとそうしてきた。

ふいに襲いかかってくる悪意や敵意から目を逸《そ》らして、毎日を過ごしてきたのだ。

「気にするな……って言っても、無理だよな。けど、りりあは悪くないから」

「気にしてないよ。私は平気」

「平気なわけないだろ！」

波瑠が声を荒らげたのは初めてだった。強い眼差しから、動揺と困惑と怒りが伝わってくる。

「あんなこと言われて平気なわけないだろ。つーかなんなんだよあいつら。あぁくそ、まじで腹立つ」

私のために怒ってくれる人が、悲しんでくれる人が、今までいただろうか。

同情されこそすれ、私に寄り添ってくれる人なんかいなかった。

りりあは可愛いから。キラキラしてるから。嫉妬されるのは――。

〝しょうがない〟

いつだって、そのたったひと言で片づけられてきた。諦めろと、ちょっとした悪意くらい受け入れろと、そういう無言の圧を与えられてきた。傷つくことすら贅沢《ぜいたく》だとみなされた。

だから、私は。

「俺の前では無理すんな。傷ついたときは怒ったって泣いたって、なんなら殴りかかったっていいんだよ」

ずっと、周りに壁を作って生きてきた。世の中こんなものだと思っていた。周囲に褒められれば褒められるほど疑心暗鬼に陥って、そんな自分がどんどん嫌いになっていった。

それでも、波瑠だけは信じられた。

波瑠の言葉だけは、信じることができたのだ。

波瑠といると、少しずつ自分を好きになれる気がした。

「ありがとう、波瑠」

波瑠さえいれば他になにもいらない。

あの頃の私は、本気でそう思っていた。


幸せな日々があっけなく崩れるなんて、一体誰が想像できただろう。

恋人との輝かしい時間を過ごしているとき、きっと誰しもが信じるはずだ。

この幸せが、ずっと続いていくはずだと。

そして、誰もが勘違いするはずだ。

ずっと同じ気持ちでいることは、簡単なことなのだと。

愚かなほどに、そう信じていた。

◇◇◇

『喫茶こざくら』に来て二時間が過ぎる頃には、波瑠の顔は真っ赤になっていた。

最初の二杯で近況報告を終え、三杯目からはどちらからともなく思い出話に移行していた。元カップルが再会したときに思い出話をするのは、きっと自然なことだろう。ただし、出来事を振り返りながら懐かしむだけの当たり障りない内容だったけれど。

店内には私と波瑠しかいなかった。私たちが思い出話を始めてしばらくすると、結季さんとマスターはワンちゃんを連れて『なにかあったら呼んでね』と言いながら二階へ上がっていったからだ。

客を残して去ることに心底驚いたけれど、お店のプレートを『ＣＬＯＳＥ』にした結季さんを見て、私たちに気を遣ってくれたのだと理解した。

テーブルには、最初に結季さんがサービスしてくれたアラカルトの残りと、ワインボトルが二本置いてある。さすがに勝手に厨房へ入られるのは困るからこれで凌《しの》げ、足りなかったら呼べということだろう。私たちはお酒が強くないから、こんなに飲めないのに。

「開ける？」

五杯目のグラスの中身が氷だけになった波瑠は、控えめにワインボトルを指さした。おそらく私の時間か、あるいは心境を気にしているのだろう。

私もずいぶん酔いが回っている。緊張していたせいでペース配分を大幅に間違えてしまった。

いつもならそろそろアルコールは控えるタイミングだ。だけど私は悩むことなく「開けよっか」と答えていた。

もう少し——もっと、波瑠と一緒にいたかった。

「すごかったよな、りりあの大躍進。すぐ人気出るだろうなってほんとに思ってたけど、想像以上すぎて正直すげえびっくりしてた」

結季さんがワインボトルと一緒に置いていったふたつのワイングラスに、波瑠が淡いレモンイエローの液体を注いだ。

初めて動画がバズってから、私はどれだけ陰口を叩《たた》かれようとSNSの更新をやめなかった。他でもない波瑠が応援してくれていたからだ。フォロワー数が増えるたび、投稿や動画がバズるたび、波瑠は私以上に喜んでくれた。

もっと、波瑠に笑ってほしかった。

もっと、自慢の彼女だと思ってほしかった。

そして大学生になった私は、本腰を入れてSNSを更新するようになった。インスタをメインに、メイクとファッション、そしてグルメについての投稿が主だ。とはいっても、ほぼ単なる〝女子大生の日常〟だけれど。

それでも地方在住の平凡な女子大生がインスタだけで二万人ものフォロワーに恵まれ、少なからず企業から案件を依頼されたり収益を得られるようになったのだから、波瑠の〝大躍進〟という表現は大げさではないのかもしれない。

順風満帆。当時の私をひと言で表せばそれに尽きるのだろう。事実、趣味の範疇を超えるくらい忙しくなっていた。

別々の大学に進学していた波瑠と思うように会う時間が取れなくなったのは、大学三年の春頃だっただろうか。

「俺……今思えば、寂しかったんだよ。けどりりあがインフルエンサー目指して頑張ってんのに、寂しいなんて言えなかった。りりあのせいにしたいわけじゃないし、だからって許してほしいとか言いたいわけでもなくて……」

「うん、わかってるよ」

口ではそう答えながら、胸中で『波瑠はわかってないけどね』と呟いていた。

波瑠はずっと、大きな誤解をしている。

「ごめん、波瑠は悪くないとは言えない。でも……私も悪かったんだよ」

淡いレモンイエローの液体を口に含む。甘口のワインばかり好む私には少し辛い。

だけど、これから語る話にはこれくらいの辛さがちょうどいいのかもしれなかった。

◇◇◇

「今日この店行かない？　りりあは行ったことある？」

会えない日常が当たり前になっていた、そしてそれに慣れてきていた大学三年の秋。待ち合わせ場所に着くと、波瑠は笑顔でスマホの画面を向けてきた。表示されているのは、私が好きそうなダイニングバーだ。

「ごめん、こないだみんなで行った」

「あー……そっか。大学の友達？」

「ううん、インスタで仲よくなった子たち」

「ああ……そっか。そういえば飲み会するって言ってたな。……それより、店どうしよっか。りりあがよければこの店――」

「私が決めていい？　行きたいお店たくさんあるの」

「……いいけど」

あからさまに沈んだ波瑠の声が聞こえなかったふりをして、私はスマホの画面に視線を落とした。どうしたのと波瑠に声をかけることなくあっさり流した。そして、自分だけが行きたいお店を探した。

料理が運ばれてきても波瑠はすぐに手をつけず、私が写真を撮り終えるまで待ってくれる。

――ねえ、ちょっと待って！　写真撮ってるんだから！　すぐに手つけないでって何回も言ってるじゃん！

――だから待ってただろ。まだ食っちゃだめなの？

――あと何枚かだけ。もうちょっと待って。

――どんだけ撮れば気が済むんだよ。そんな何十枚も載せないだろ。

――何十枚も撮って、あとから厳選して載せるの。それくらい波瑠だって知ってるでしょ？

前みたいにこんな言い合いをすることもなくなっていた。

四角い小さな画面に映る料理を撮り続ける。黙っている波瑠をちらりと見れば、浮かない顔をしていた。

最近、波瑠はこんな顔ばかりだ。せっかくふたりで過ごす時間なのに。楽しく過ごしたいのに。

不満を抱えながら撮影を終え、結露がついたグラスを合わせた。

それでも波瑠は目を伏せたまま、物憂げに一点を見つめている。

「波瑠、どうしたの？」

「あー……うん。今日はちょっと頼みがあって」

「なに？」

「ＳＮＳに俺とのこと載せるのやめてほしいんだけど」

　虚を突かれて、思わずローストビーフを切っていた手が止まる。

　インスタのストーリーにはたまに『彼氏とどこへ行った』くらいの情報を投稿することはある。だけど添付する写真は料理や景色ばかりだし、波瑠の姿を載せるとしても手元や遠目の後ろ姿くらいだ。

「え……なんで？　波瑠の顔はちゃんと隠してるし、彼氏とどこ行ったとか載せるくらい別にいいでしょ？　しかもストーリーなんてすぐ消えるんだから」

「顔隠したってわかる奴にはわかるんだよ。実際に大学の奴に俺だってばれて、しかも噂広がっちゃって騒がれてるし。すぐ消えるっつったって見られることには変わりないだろ」

「それのなにが嫌なの？　ちょっと噂になるくらい別にいいじゃん」

「自分から話してもないのに、どこ行ったとかなに食ったとか友達でもない奴らに勝手に知られてんのすげえ嫌だし、ちょっと怖い。ＳＮＳやるならさ、もっと周りに配慮しろよ。そもそも俺のこと載せていいなんて言った覚えないけど」

確かに私の配慮が足りなかったのかもしれない。波瑠に許可を取ったこともなかった。だから波瑠の言い分もわかる。

だけど、なにもそんな言い方しなくたっていいのに。俺に許可を取れなんて一回も言わなかったのに。

私はただ、波瑠との時間を形に残しておきたかっただけなのに。

「りりあの彼氏が俺だって知った奴らに、すげえびっくりされたりイメージと違ったとか言われたりするんだよ。たぶん悪い意味で。知らない奴に指さされたことだってあるし。そういうときの俺の気持ちわかる？　俺も、もうりりあのこと人に言わないようにするから」

最後に付け足された言葉に、私はどうしようもなくショックを受けていた。

――りりあが彼女なのすげえ自慢。なんかこう、世界中に言いふらしたいくらい。

あの日の私たちが、いなくなってしまったみたいで。

「りりあだってアンチコメントつくたびに落ち込んでただろ。りりあはインフルエンサー目指してるんだから覚悟の上かもしれないけど、俺はただの一般人なんだよ。知りもしない奴にあれこれ言われたくない」

「……え？」

インフルエンサーを目指している。波瑠はそう思っていたのか。

フォロワー数が万を超えて収益も得ているのだから、少なくともインスタグラマーではあるだろうし、それは同時にインフルエンサーの端くれでもあるのかもしれない。だけどたぶん波瑠がいう〝インフルエンサー〟は、ＳＮＳだけで生計を立てている人のことを指しているのだと思う。

だとしたら、私は違う。

企業から案件依頼を受けたときは、もちろん仕事として責任感を持ってＰＲ投稿をする。だけど、私にとってＳＮＳはあくまでも趣味だ。収入だってとても生計を立てられるほどではない。大学卒業後は普通に就職するつもりだし、ＳＮＳは趣味か副業として続けられたらいいと思う程度だ。

誤解を解かなければいけない。とっさに体が前のめりになり、口を開いた。だけど肝心の言葉が出てこなかった。

夢に向かってひたむきに走り続ける私じゃなければ、波瑠に幻滅されてしまうのではないか。ＳＮＳはただの趣味だと打ち明けてしまえば、波瑠は私から離れていくのではないか。

そんな恐怖が込み上げ、同時に疑問が芽生えたからだ。

だったらなぜ、波瑠と会う時間を減らしてまでＳＮＳに夢中になっているのか、と。

「……わかった。もう波瑠とのことは載せない」

結局、私は最後まで誤解を解けなかった。

波瑠に喜んでほしい。自慢の彼女だと思ってほしい。ずっとそう思ってきたはずだ。ちょっと突っ走りすぎてしまったことは否めないけれど、私の根本にはいつだって波瑠がいた。だったら、波瑠が喜んでくれなくなったのなら走る速度を落とすべきだ。

いや、これだけ嫌な思いをさせているのだからもうやめた方がいい。

そう思うのに、どうしても〝SNSをやめる〟という選択肢だけは選びたくなかった。それほどまでにSNSにのめり込んでいる理由が、自分でもよくわからなかった。


波瑠と別れて地下鉄に乗り、黒のアイコンをタップする。

〈なんか最近うまくいかないなあ〉

どこかに吐き出さなければ潰れてしまいそうになった私は、SNSに救いを求めた。友達には惚気話《のろけ》ばかりしていた手前、愚痴は言いにくい。しかも喧嘩《けんか》の内容が内容だ。

家に着いてから再び開くと、すでに何件ものリプがついていた。心配してくれているリプに〈いいね〉と返信をしながらスクロールしていくと、ふいに指と思考が止まった。

〈え、暗。最近こんなんばっかでなんかこっちまでしんどくなる〉

〈りりあちゃん変わったよね。前はこんな可愛いのに飾ってないとこが普通の女子大

生って感じで親近感あったけど、最近案件ばっかだし必死すぎて引く。もうフォロー外します〉

〈てかこいつのインスタ全部ことねちゃんのパクリじゃね？〉

〈こいつ推してる奴ら頭沸いてんの？　加工外したらクソブスだぞ〉

——りりあだってアンチコメントつくたびに落ち込んでただろ。

知名度が上がれば当然好意的なコメントだけではなくなる。私のSNSを閲覧しているのは、もはやファンだけではないのだ。フォロワー数イコールファンの数でもない。

呆然《ぼうぜん》としている私に追い打ちをかけるようにDMが届いた。

〈だったら死ねば？〉

アプリを閉じ、メイクも落とさず布団にもぐった。

狭い世界を抜け出せば、自由になれると思っていたのに。

世界が広がれば広がるほど、悪意に触れる機会も増えていった。

＊

「たまには違う感じのお店行きたいよねー」

大学四年の春。インスタグラマー仲間と四人で夜のすすきのをぶらぶらしていたとき、友達が退屈そうに言った。

「りりあの彼氏のお店は？　居酒屋でバイトしてるって言ってたよね？」

期待を込めた目を向けられ、私は苦笑いをこぼしてしまう。

――俺も、もうりりあのこと人に言わないようにするから。

そう言っていた波瑠が、バイト先に私が突然現れて喜ぶとは思えない。それに、行きたくない気持ちもある。

波瑠は今のバイト先で仲よくなった女の子がいた。名前は〝アキラ〟。ずっと男の子だと思っていたのに、最近女の子だということが発覚したのだ。

――女の子だったの？

思わず詰め寄ってしまった私に、波瑠はうんざりしたような顔をした。

――そうだけど、バイト仲間なんだから別にいいだろ。自分だって男と飲み会とかしてるじゃん。

確かに私は、ＳＮＳ繋がりの飲み会に参加することも多く、時には男の人がいることもある。だけど断じてふたりきりで会ったりはしていない。

――男の子だと思ってたからびっくりしただけだよ。てか、危ないから帰りとか送ってあげなよ？

反論はできなかった。嫌だなんて言えなかった。理解も余裕もある彼女のふりをしていなければ、最近の波瑠は笑ってくれないからだ。

私に話してくるということは、本当にただのバイト仲間なのだろう。そう言い聞かせながら、彼氏が女の子とふたりで飲みに行くことを容認した。波瑠は『送ってくなんて当たり前だろ』と、彼女がいる男として全然当たり前じゃない台詞を笑いながら言っていた。

「彼氏が今日シフト入ってるかはわからないけど……うん、行ってみよっか」

万が一にでも、私のサプライズ登場に波瑠が喜んでくれたら、私たちはまだ大丈夫だと確信を持てる。そんなわずかな期待と〝アキラ〟を見てみたい気持ちに駆られて、波瑠のバイト先へ向かった。


「あ、波瑠いたー！　来たよー！」

がらんとした店内で、わざと声を張り上げた。

波瑠のバイト先へ行くと決めた瞬間から脳裏にちらついている、波瑠の鬱陶しそうな顔を跳ねのけるように。私たちがうまくいっていないことを友達に――そして誰より、この場にいるかもしれない〝アキラ〟に悟られないように。

「りりあ？　なんで……」

波瑠は目をまんまるに見開きながらあからさまに困惑していた。私の予想以上期待以下くらいの反応だ。

それでも私は、ちっとも喜んでくれないことにちょっと傷ついていた。

「なんでって、飲みに来たの」

「この店の料理は映えないと思うけど」

「わかってないなあ。あえて映えさせないっていうのも流行《はや》ってるんだよ」

「なんだそれ」

波瑠と話しながら視線を巡らせる。視界の端に、こっちを見て放心している女の子が映った。

女の子にしては高めの身長に、黒のショートカット。長い前髪の奥にある顔には、メイクは施されていない。オーバーサイズの黒いTシャツにカーキのカーゴパンツ。想像していた姿とはかけ離れているのに、なぜか彼女が〝アキラ〟だと直感した。

波瑠に席へ案内されている途中、まだ呆然と立ち尽くしている彼女と目が合った。

「もしかして、アキラさんですか?」

「そう、ですけど……なんで私の名前……」

「波瑠からよく話聞くんですよー。バイト先に仲いい女の子がいるって。いつも波瑠がお世話になってまーす」

マウントであることを悟られないよう、天真爛漫なふりをする。

困惑と動揺をあらわにする彼女を見て、私はふたつ直感した。

彼女は波瑠のことが好きなのだろう、と。

そして、私はこの子に波瑠を取られるのだろう、と。

「波瑠、最近アキラさんの話ばっかりするんですよー。彼女に他の女の子の話ばっかりするなんて失礼だと思いません？」

「ああ……あの……なんかすみません」

「あ、ごめんなさい、そういう意味じゃなくて。波瑠、アキラさんと飲みに行くの楽しいんだと思います。だからこれからも仲よくしてあげてくださいね！」

もはやあからさまにマウントを取ってしまっている。それでも止まらなかった。

波瑠の彼女は私だよ。高校のときからずっと、五年も付き合ってるの。今はちょっとすれ違ってるだけで、別れの危機ってほどじゃない。すぐにもとに戻る。波瑠は今ちょっと目移りしてるかもしれないけど、絶対に浮気なんかしない。私を見捨てたりしない。あなたが付け入る隙なんてないよ。

だから、お願い。

私から波瑠を取らないで。

＊

中島公園駅付近には、伝説の喫茶店があるという。

人里離れた場所にぽつんと佇《たたず》んでいる、なにやら〝恋の迷宮路から抜け出せなくなったときにふと現れる休憩所〟らしい。ホームページもなければSNSもやっておらず、さらに〝繁盛したら困る〟という客商売らしからぬ理由から、お客さんがSNSで発信することも断固拒否されるそうだ。

恋のうんちゃらという絶妙にださいネーミングの名づけ親も噂の発信源も、そもそも実在しているのかさえもわからない。私に教えてくれたSNS仲間たちもたどり着いたことはないと言っていた。伝説というか、もはや都市伝説である。

私が都市伝説を検証しようと思い立ったのは、恋の迷宮路から抜け出せなくなっているからだ。

波瑠のバイト先に突撃訪問してから一か月。

ちょっとすれ違っているだけで、すぐにもとに戻る——なんて願望は虚しく、むしろ波瑠が私に愛想を尽かす決定打になってしまったようだった。もはや連絡すらまともに取っていない。

その間にも波瑠とアキラさんが笑い合っているのかと思うと、叫びたくなる。

都市伝説でも占いでもなんでもいいから、なにかにすがりたかった。

とはいえ、そんな都合のいい話はないだろうと思いながら歩いていると、

「……あった。都市伝説」

伝説の喫茶店はあっさりと私の前に現れたのだった。

どこか神秘的な噂ばかり耳にしていたから、占いの館みたいな魔女が住んでいそうな外観を想像していたのに、意外にもクリーム色を基調とした可愛い外観だった。

『喫茶こざくら』というらしい。名前もめっちゃ普通だ。

ただ、安心するのはまだ早い。噂によると、このお店の従業員である恋愛アドバイザーの女性がなかなかの曲者《くせもの》らしいのだ。

どんな話も聞いてはくれるけど、毒舌で冷めていて泣かれるのが嫌いでちょっと理屈っぽくて、だけど彼女に相談したあとは不思議とよくも悪くもなんとなく着地するとのことだ。聞けば聞くほど混乱する。

一体どんな人なのだろう。

固唾を呑んで、ドアを開けた。

目の前に広がったのは、スマホの動画を観ながらめっちゃダンスしている女性の後ろ姿だった。動きと音声からしておそらく一時期大流行していたダイエットダンスだ。

私がお笑い芸人ならずっこけている。

私の気配に気づいたのか、女性が振り向いて明るく笑った。

「いらっしゃいませー。お好きな席へどうぞー」

にこやかに迎えられて（汗だくだけど）拍子抜けする。店内にはカウンター席の奥でコーヒーを淹れている『いらっしゃいませ』すら言ってくれないマスターらしき男性と、可愛いけどものすごい唸《うな》ってくるクリーム色のチワワだけ。

例のアドバイザーは女性だと聞いているから、おそらくこの人なのだろう。毒舌だとか冷めているとかいうからなんとなく凛《りん》とした美人をイメージしていたのに、なんというか、ぽわんってした人だった。肩にこもっていた力が一気に抜けてしまう。

「はじめましてだよね？　適当に座って適当に注文して、あとは適当に過ごして。なんかあったら呼んでくれればいいから」

なんて大雑把な説明だ（汗だくだし）。

「今日は、その、話を聞いてほしくて……」

「え？　話ってなに？　あれ、ごめん、はじめましてじゃなかったっけ。そういえば見たことあるかも」

「あ、いえ、初めてです。見たことあるのは、たぶんSNSじゃないかと……」

「思い出した。インスタで見たんだ。ちょっと有名人だよね」

「いやそんな、恐縮です。じゃなくて、実は噂で聞いて来たんです。えっと……恋の迷宮路から抜け出せなくなったときにふと現れる休憩所で、恋愛アドバイザーさんが話聞いてくれる、みたいな」

「ただの営業が完全不定期な喫茶店のしがない従業員ですけど」

彼女の笑顔が一瞬で消え失せた。

なるほど、そういうことか。ふと現れるというのもなかなかたどり着けないというのも、単に営業が不定期だからなのだ。噂のひとり歩きにもほどがある。

彼女は思いきり訝《いぶか》りながらも、

「別にアドバイザーでもなんでもないけど、話聞いてほしいなら聞くよ。ちょうど暇だったし」

私を暇つぶし相手に任命してくれたのだった。

「片方の世界が広がりすぎると、バランスが崩れちゃうんだよ。人って、寂しいって感情にはなかなか抗えないでしょ。たぶん口に出せないから余計に燻《くすぶ》っちゃうんだろうね」

波瑠とのことをひと通り話し終えると、汗を拭いて服も着替えた恋愛アドバイザーこと結季さんはさくっと言い放った。しかもこれで終わりですけどと言わんばかりにさっさと口を閉ざし、入店したときからずっとかかっているｂｌａｃｋ ｎｕｍｂｅ rの曲もちょうど途切れ（夫婦そろって大ファンらしい）、お互い黙ったまま微動だにせず、なんだかもう時が止まったみたいに静まり返ってしまった。

「え、あ、あの……なんか、ないですか？　できれば、こう、アドバイスというか、対処法とか秘訣とかを伝授していただきたいんですけど……」

「ないよ。だってもう答え出てるでしょ？」

本当にアドバイザーじゃなかった。

なにを言っているんだろう。答えがわからないから相談に来たのに。わかっていたら、実在するかもわからない都市伝説を夜な夜な探し回ったりしない。

「そんなことより、突っ込んでもいい？　スマホめっちゃ鳴ってるよ」

流された。しかも私の悩み『そんなこと』って言われた。

「あ……すみません。たぶんDM来てて……うるさいですよね」

「そうじゃなくて。めっちゃ鳴ってるのに気づいてないのかなって心配になっただけ」

「気づいてます。でも、開く気になれなくて。……どうせ〝死ね〟とかだし」

私、なんでこんなこと言ってるんだろう。波瑠の話をしているうちに気分が沈んでしまったのかもしれない。いや、気分が沈むのは今に始まったことじゃないのだけど。

この一か月、SNSの更新が滞っていた。なんの気力も湧かなくて、もうやめようかとすら考えている。波瑠に咎《とが》められても〝やめる〟という選択肢だけは選びたくなかったのに。

だけど、もう精神的に限界を感じていた。

私が投稿しないことをアンチはさぞかし喜んでいるだろうと思っていたのに、更新しなきゃしないで逃げただの無責任だのと追い打ちをかけてくる。私が無反応を貫いていることで逆に味をしめたのか、心ない言葉が毎日のように送られてくる。

一体どうしたらいいの。

私にどうしてほしいの。

あなたたちはなにがしたいの。

結季さんは無表情で無言だった。いきなりこんなことを言って驚かせただろうし、引かれたかもしれない。どちらにしろ、空気を重くしてしまったことだけは間違いない。

「ごめんなさい。大丈夫です。電源切り……いや、もう帰――」

「大丈夫じゃないよね」

私が恋愛相談している間ずっと退屈そうに頬杖をついていた結季さんは、頬から離した手をテーブルの上で組んだ。

「〝死ね〟なんてDM送られてきて、大丈夫なわけないよね」

結季さんの真剣な眼差しに射抜かれて、思考回路が停止する。指先が小刻みに震えだす。

「ほんとに、大丈夫です。……だって」

りりあは可愛いから。キラキラしてるから――。

「しょうがないこと、だから」

そう、しょうがないのだ。なにより、最初から覚悟していたはずだ。普通に生活しているだけで悪意に触れるのだから、ネットの世界に足を踏み入れればさらに拡散されるのだと。

ちょっとした悪意くらい受け入れなければいけない。弱音なんか吐いてはいけない。可愛いと言ってもらえる外見で、長年付き合っている大好きな彼氏がいて、SNSだって順調で。

私は恵まれているのだから、傷つくなんて贅沢だ。

「しょうがないって、言われてきた、から」

――りりあはインフルエンサー目指してるんだから覚悟の上かもしれないけど。

傷ついてしまうのは、私の覚悟が足りなかっただけの話だ。

「なんにもしょうがなくないよ」

結季さんは表情をなくしたまま私を見据えていた。

「誹謗中傷はなくならない。人の目に触れる機会が多ければ多い人ほど悪意や敵意の対象になりやすい。それが現実で周知の事実。だから覚悟が必要だっていうのはきっと正論だけど、傍観者が『しょうがない』のひと言で片づけちゃだめなんだよ」

おっとりとした口調は変わらない。なのに、どこか芯の強さを感じる。

結季さんの眼差しと言葉が、私の心にまっすぐ突き刺さる。

「その言葉を簡単に使う人たちは、自分が顔も名前も知らない赤の他人から誹謗中傷されて〝死ね〟なんてDMが送られてきても同じこと言えるのかな。綺麗事かもしれないけど、他人から心ない言葉を浴びせられる覚悟がなきゃ好きなことをしちゃいけないなんて、そんなの悲しすぎるよ。どんな理由があってもとまでは言わないけど、人の心を壊していい理由なんてそうそうない」

あれ。おかしいな。この人、全然毒舌じゃないし冷たくない。むしろ優しい気がする。

ちょっとずるいな。恋愛相談はあんなにあっさり流して噂通りの冷淡な人だと油断させておきながら、いきなりこんなに親身になってくれるなんて。

「しょうがないって割り切ってる人もたくさんいるんだと思う。だけど、割り切るしかなかった人がほとんどなんじゃないかな。腐ったことしてるのは向こうなのに、一方的に攻撃された側が耐え続けなきゃいけないなんておかしな話だよね。どっちにしろ、しょうがないって言っていいのは本人だけだよ。他人が簡単に言っていい言葉じゃない」

ふいに、いつか波瑠に言われた言葉が頭の中でこだました。

――少女漫画とかドラマとかのヒロインみたいだって。自分持ってるかっこいい系の。

違う。私は全然かっこよくなんかない。

波瑠が遠い。ただそれだけで、こんなにも弱くなるのだから。

「ごめん、わたしもネットで嫌な思いしたことあるから、つい熱くなっちゃって」

「いえ……嬉しいです。すごく。そんなふうに言ってもらえたの初めてで……本当はずっと、誰かにそう言ってほしかった気がします」

「だったらなおさらごめん」

「なんで謝るんですか?」

「大切な人に言ってほしかったよね」

すんでのところで堪《こら》えられていた涙が、とうとうこぼれた。

――あんなこと言われて平気なわけないだろ。

そうだ。あれは確か、まだ高校生だった頃。クラスの子たちが私の陰口を言っている現場に遭遇してしまったとき。

――気にするな……って言っても、無理だよな。けど、りりあは悪くないから。

――俺の前では無理すんな。傷ついたときは怒ったたって泣いたって、なんなら殴りかかったっていいんだよ。

波瑠に突き放されたとき、なぜあんなにも傷ついたのか今わかった。

私、波瑠にもう一度そう言ってほしかったんだ。

あの頃みたいに、私のために怒って、悲しんで、寄り添ってほしかったんだ。

ずっと、私の味方でいてほしかったんだ。

だって、波瑠さえいてくれたら、私は強くいられたのに。

「あ……ごめんなさい。なんか力が抜けちゃって」

「いいよ」

涙を拭う手を結季さんが止めた。

「泣いていい。よくひとりで耐えてきたね」

結季さんの声色があまりにも優しくて、ずっと心に溜めていた、溜めるしかなかった泥水が、濁流のように溢れ出した。

どうして波瑠は、前みたいに私の味方でいてくれなくなったんだろう。私がこんなにも辛い思いをしているのに、他の女の子にうつつを抜かしているんだろう。理解と余裕がある彼女を演じながら、心の中ではずっとそう思っていた。

だけど、波瑠ばかりが悪いのだろうか。

波瑠が私に対して不安や不満を抱いていることを、寂しい思いをさせていることを、私はわかっていた。気づいていながら気づかないふりをしていた。隠しきれないほどの大きな違和感を抱いても、波瑠がふと笑顔をこぼすたび、小さな優しさを与えてくれるたびに〝まだ大丈夫〟だとごまかし続けてきたのだ。

認めてしまえば対処しなければいけなくなる。対処法は、走る速度を落とす他ない。だけどそれは絶対に嫌だった。

止まらなかった。止まれなかった。止められなかった。

なぜあんなにSNSをやめたくなかったのか、今ならはっきりとわかる。

高校時代の私は、波瑠しか味方がいないと思っていた。波瑠しか信じられなかった。だけど、今は違う。

私のことが好きだと、ファンだと言ってくれる人がいる。応援してくれる人がいる。SNSを通じて知り合った、趣味を共有でき、そして共感し合える友達がいる。私が私でいることを認めてくれる人が、波瑠以外にたくさんいるのだ。

どんどん広がっていく非日常的な世界が楽しくて仕方がなかった。もう自分が嫌いだった頃の自分に、狭い世界に戻りたくなかった。たとえ、波瑠を置き去りにしてでも。

先に波瑠を不安にさせたのは、私だった。

あの子に取られたわけじゃない。私が波瑠の手を離していた。世界が広がっていくにつれて、いつの間にか私の中心は波瑠じゃなくなっていた。それでも私は、波瑠には私のことだけ考えてほしいと密かに強いていた。そんなことがまかり通るわけないのに。

波瑠が私を繋ぎ止めておきたいと思えなくなるほど私を好きじゃなくなったのは、至極当然のことだった。

だけど私だって、私なりに、必死に頑張っていた。

「結季さん」

「ん?」

「毒を吐いても、いいですか」

「いいよ」

毒だと言っているのに、結季さんはなぜか明るく笑った。テーブルの上で組んでいた腕をほどき、片肘を立てて頬杖をつく。

泣いていいと言ってくれたから、お言葉に甘えて涙は拭かなかった。

ぼろぼろ泣きながら、大きく息を吸う。

「あーもう！　ほんっとうに！　むっかつく！」

――SNSやるならさ、もっと周りに配慮しろよ。そもそも俺のこと載せていいなんて言った覚えないけど。

「してたよ！　だから顔まで載せなかったんじゃん！　ちょっと噂されるくらい我慢しろよ！　自慢の彼女なんじゃなかったのかよ！」

――俺も、もうりりあのこと人に言わないようにするから。

「世界中に言いふらしたいって言ってたくせに！　忘れたのかよ！　自分の言葉に責任持て！」

――りりあはインフルエンサー目指してるんだから覚悟の上かもしれないけど、俺はただの一般人なんだよ。

「私だってただの一般人だよ！　ていうか有名だったら叩かれてもしょうがないって思ってんの？　最っ低！」

――りりあ？　なんで……。

「彼女が来たのに、あからさまに嫌そうな顔すんな！」

――え、暗。最近こんなんばっかでなんかこっちまでしんどくなる。

「弱音吐いてなにが悪いの？　私だって暗いときくらいあるから！　嫌なら見なきゃいいでしょ！」

――最近案件ばっかだし必死すぎて引く。もうフォロー外します。

「仕事もらったら頑張って応えるのは当たり前でしょ？　手抜きしたらしたで適当す

ぎるとか失礼だとか文句言うくせに！　そもそも私レベルじゃ案件もらえるのなんか多くても月に数回だっつーの！　ていうかフォロー外すとかいちいち報告してくれなくていいってば！」

——てかこいつのインスタ全部ことねちゃんのパクリじゃね？

「そりゃ参考にはしてるよ！　だって大好きだもん！　だけどパクってなんかない！」

——加工外したらクソブスだぞ。

「ＳＮＳのカメラなんか勝手にフィルターかかるでしょ？　それくらいもわかんない？　自分で手ぇ加えてるわけじゃないから！　ていうか加工してたらなんなの？　可愛く写りたいに決まってんじゃん！　それのなにが悪いの⁉」

——死ねば？

「なんで私が死ななきゃいけないの⁉　——おまえが死ね！」

こんな暴言を吐いたのは人生で初めてだ。もしかすると、この先二度とないかもしれない。

事情を知らない結季さんからしてみれば支離滅裂だろうに、なぜか楽しそうににこにこしているから、自分でも知らなかった——ずっとひた隠しにしていた一面を引きずりだされたみたいだった。

わかっている。頭では理解している。

誹謗中傷なんてごく一部なのだと。ほとんどは好意的なコメントなのだと。

わかっているのに。

弱っているときは、その〝ごく一部〟が巨大な斧と化して降りかかってくる。批判的なリプについているその〈いいね〉の数が、そのまま私を嫌っている人数に感じてしまう。たとえ百人が応援してくれていても、たったひとりのアンチコメントでどうしても傷ついてしまう。顔も名前も知らない他人からの悪意に心を蝕《むしば》まれていく。

しょうがないと割り切ることなんか、私にはできない。

「私だって人間なんだよ……！」

自己顕示欲と承認欲求の塊《かたまり》。ネットの世界で積極的に発信していると、そんな言葉を度々目にする。

なにが悪いの？

自分を見てほしい。認めてほしい。そういう気持ちは多かれ少なかれ誰にだってあるはずだ。

だけど、それだけじゃなかった。

りりあちゃんのメイク真似したら垢抜《あかぬ》けた。りりあちゃんのファッション参考にしたら好きぴに褒められた。りりあちゃんの動画観ながらヘアアレンジしてみたら、彼氏が可愛いって大絶賛してくれた。りりあちゃんのおかげで、ちょっとだけ自分に自信が持てるようになった。

そんなコメントを見るたびに心が温まった。フォロワーからの〝ありがとう〟や〝好き〟が私の原動力だった。昔の私みたいに、自分に自信がなかったり嫌いだったりする子に、勇気を与えられる存在になりたかった。

こんな私でも誰かの光になれるのだと、思った。

「DM、誹謗中傷だけじゃないんじゃない？」

結季さんが私のスマホを指さした。

「万人に好かれる人なんていないけど、万人に嫌われる人もいないよ。たとえどんなクズでも、不思議と味方っているもんなんだよね」

乱れた息を整えて、裏返していたスマホを手に取る。画面を見れば、DMの通知が十件以上も届いていた。すべてが誹謗中傷だったらどうしよう。いよいよ心が壊れてしまいそうだ。そう考えるだけで手が震えだす。

だけど、今はひとりじゃない。結季さんがいる。なんとなく頼もしい人がすぐそばにいるのだから、大丈夫だと安心できた。今日初めて会ったばかりなのに、なんだか不思議な人だ。

動悸がする胸に手を当てながら、一番上に表示されている通知をタップした。

〈りりあちゃん、はじめまして。私は高二の女です。勇気が出なくてコメントとかはしたことないけど（ごめんなさい）、二年前からずっとりりあちゃんの大ファンです。最近あまり更新してないので、心配になってＤＭ送っちゃいました。急にごめんなさい。

私は、中学生の頃にいじめられていました。ブスとかデブとかたくさん言われました。毎日泣いてばかりいたときに、りりあちゃんのインスタを見つけました。明るくて可愛くてキラキラしてるりりあちゃんにひと目惚《めぼ》れしました。

高校生になってから、りりあちゃんのメイクやファッションを頑張って真似しました（気持ち悪かったらごめんなさい）。そしたら性格も明るくなれて、友達もできて、二か月前に初めて彼氏もできました。今でも信じられない気持ちでいっぱいだけど、毎日が楽しいです。毎日笑えています。りりあちゃんに出会わなかったら、今の私はいないと思います。

自分語りしちゃって（しかも長くなっちゃって）ごめんなさい。

私はりりあちゃんが大好きです。明るくてキラキラしてるりりあちゃんも、落ち込んでるりりあちゃんも、ずっと大好きです。

りりあちゃんが元気になって戻ってきてくれるのを、ずっと待ってます。〉

「謝りすぎだよ」

ぼろぼろ涙を流しながら、それでも陽光が射したみたいに心が温かかった。

今日は好きなだけ泣いてもいいだろうか。さすがに結季さんに呆《あき》れられてしまうだろうか。だけどもう、泣き止む自信がなくなってしまった。

私を支えてくれているのはもう波瑠だけじゃない。今日だけじゃなく、今までだって波瑠じゃない人たちからの言葉に励まされてきた。何度も何度もこうして救われてきた。SNSをやめようかとすら考えていたのに、また歩きだせると思った。

――俺の前では無理すんな。傷ついたときは怒ったって泣いたって、なんなら殴りかかったっていいんだよ。

あのときと同じくらい、心が満たされていた。

誹謗中傷を受けるのはしょうがない。そう割り切れている人は、みんな強いか、諦めているだけだと思っていた。だけど、きっとそれだけじゃない。

どんなに辛くても、どれだけ心を折られても、こうして励ましてくれる人たちに支えられながら、何度でもまた立ち上がれるんだ。

「味方、いたでしょ?」

まるでDMの内容を予知していたみたいに、結季さんが自信満々に微笑んだ。

声にならなくて、スマホを握りしめたまま、何度も何度も頷いた。

「彼とのこと」

「ん？」

「出てました。答え。たぶん、とっくに」

「相談するときってだいたいそうだよね。肯定して背中押してほしいだけで。間違ってると思いたくなかったり否定されたくなかったりするから先にアドバイス求めて様子見するんだろうけど」

「ほんとですね。……私、自分ばっかり傷つけられてるって思いたかったのかもしれません。私だって、彼のことたくさん傷つけてたはずなのに」

「その方が楽だからね。同情買えるし。誰だって悪者になんかなりたくないんだよ」

この人なに言ってもするする返してくる（いちいちひと言ふた言余計な気もするけど）。

噂通りの毒舌で冷めていていてちょっと理屈っぽい一面に、思わず笑ってしまった。

「ほんとですね」

もう高校生の頃とは違う。たとえ顔や名前を知らない人だとしても、波瑠以外にも味方がたくさんいる。そうわかってはいても、波瑠にしがみついていたかった。そばにいてほしかった。ずっと変わらない関係のままでいたかった。今でも、波瑠のことが大好きだった。

だから私は、今でも波瑠がいなきゃだめなのだと思っていた。いや、思い込んでいたのかもしれない。そのせいで気づけなかった。

私、もう波瑠がいなくても大丈夫なんだ。

＊

話があると波瑠が連絡してきたのは、私が『喫茶こざくら』で大号泣した二週間後だった。バイト先に突撃訪問して以来、会うのは初めてだ。

とうとうか、と覚悟しながら家に呼ぶ。人目につく場所で彼氏と別れ話なんかできない。

その日の夜、私のアパートに来た波瑠は、切腹でもしそうなくらいに思い詰めた顔をしていた。リビングに通すと、いよいよ重力に抗えなくなったみたいにふらふらと床に正座した。弱々しく握った拳を膝に置く。いつまでやるのと突っ込みたくなるくらいに何度も深呼吸を繰り返して、私が痺《しび》れを切らす寸前でやっと切り出した。

「急にごめん。その……今日は、話が、あって。……実は……他に、好きな子が、できた」

「バイト仲間のアキラさんだよね」

「えっ」

波瑠はぎょっとして、耳まで真っ赤に染めながらやっと私の目を見てくれた。

正直すぎて、残酷だ。

「ご……ごめん！」

「いいよ。心変わりなんてしょうがないと思うし。ほっといた私も悪いし」

「そうじゃなくて……ごめん。……俺……浮気しそうに、なった」

正直を通り越して無神経だ。

そんなこと言わなくていいのに。聞きたくないのに。見たわけでもない光景が勝手に脳内で再生されてしまう。私に向けてくれていた笑顔をアキラさんに向けながら、ふたりの距離が少しずつ縮まっていく光景を。

声が震えないよう、お腹のあたりにぐっと力を込めた。

「しそうになったってことは、してないんでしょ？」

「けど、アキ……いや、相手の子が止めてくんなかったらしてたと思う。……ほんとごめん」

無駄に訂正されると余計にダメージが増す。相手がアキラさんだということはさっきの反応で認めたようなものだし、わざわざ言い直さなくてもいいのに。

私に対する優しさじゃない。アキラさんを庇《かば》っているだけだ。

そんなことにさえ、鈍感で無神経な波瑠は気づかない。

「俺のこと、一発ぶん殴ってほしい」

いきなり意味がわからないし、覚悟を決めたみたいな顔と口調にカチンときた。

「なにそれ。なんで私が波瑠を殴るの？」

「だって俺、りりあのこと裏切ろうと――」

「馬鹿じゃないの。殴られて自分がすっきりしたいだけでしょ？　そんなの全部自分のためなんだよ。波瑠を殴ったって、私は全然すっきりなんかしない。それに、殴る方だって痛いんだよ」

まくし立てる私を見て、波瑠は面食らっていた。私自身も驚いている。波瑠に対して声を荒らげたことなんか一度もなかったのに。

波瑠を失いたくないと怯えて言葉を呑み込んでばかりじゃなく、こんなふうに素直に感情をぶつけていたらなにかが変わっていたのだろうか。笑うだけじゃなく、怒って、泣けばよかったのだろうか。

だけど、私にはできなかった。

――少女漫画とかドラマとかのヒロインみたいだって。自分持ってるかっこいい系の。

――りりあが彼女なのすげえ自慢。

大好きな人にとびきりの笑顔であんなことを言われたら、かっこいい彼女を演じ続けるしかないじゃない。波瑠にだけは、最高の彼女だと思っていてほしかったのだから。

「ごめんとか浮気とか殴るとか、そういうのやめようよ。だって私たちさ、なんかけっこう、いい感じの恋愛だったじゃん。大恋愛ってほどじゃないけど、まあまあ純愛だったんじゃないかなって」

波瑠の気持ちが私から離れたとしても、どんなに鈍感で無神経で残酷だとしても、私はまだ波瑠のことが好きだ。

だから、最後まで演じ続ける。かっこいい、自慢の彼女を。

もう波瑠のことなんてなんとも思ってないよ。波瑠がいなくたって、私はもう大丈夫なんだよ。

そんな強い私を記憶に残してほしい。

「綺麗にお別れしよ」

今にも泣き出しそうな波瑠に、今にも溢れ出しそうな涙を堪えながら、精一杯の笑顔を向けた。

◇◇◇

こんなに飲めないと思っていたのに、二本目のワインボトルはすでに空になっていた。窓の外では大粒の雪が舞い踊っている。もう何時間も降りっぱなしだし、外に出ればげんなりするほど積もっていることだろう。

私たちが話したのは、一緒に過ごした時間のほんの一部だ。『喫茶こざくら』に来てから四時間も経《た》ってしまったけれど、それでも話が尽きることはない。五年分の思い出を語り尽くすには、数時間じゃとても足りないのだ。

私と波瑠のワイングラスには、あとふた口分くらいしか残っていない。私はちびちび飲んでいたのに、いつの間にかお酒が強くなっていたらしい波瑠が（顔は真っ赤だけど）がぶがぶ飲むせいだ。

タイムリミットを視認して、ずっと喉の奥に引っかかっていた、なによりも訊きたかったことを口にする決意を固めた。

もう私たちには〝当たり前の次〟がないのだから。

「アキラさんとは仲よくやってるの？」

波瑠が目をまんまるに見開いた。私はアキラさんの存在を知っていたし、波瑠は言葉にこそしなかったもののアキラさんへの気持ちを認めた。だからこんなの波瑠にとっては想定内の質問のはずなのに。

「アキラ？　なんで？」

「なんでって……付き合ってるんじゃないの？」

「いや付き合ってないよ。てか彼女いたら元カノとふたりで飲んだりしないから」

彼女いてもしょっちゅう他の女とふたりで飲んでただろうが。

「まさか振られたの？」

「いや……あいつあのあとすぐバイト辞めちゃって、それから会ってない」

「ちょっと待って。どういうこと？　好きだって言ったんじゃないの？」

「言ってないよ。……彼女と別れたからってすぐ他の子に乗り換えるようなことはできないだろ」

「……は？」

混乱する頭を一旦整理する。

波瑠はアキラさんと付き合っていなかった。それどころか会ってすらいなかった。アキラさんは波瑠のことが好きなのだと思っていたけれど、私の勘違いだったのかもしれない。あるいは、彼女がいるから報われないと悲観して波瑠から離れた。アキラさんの気持ちは知る由もないけれど、理由はどうあれ、私は波瑠に未練があるのだから喜ぶべき事実だ。

なのに、どうしてだろう。あれ、なんか、なんだろう。

無性にイライラする。

ふた口分のワインをひと口で飲み干す。グラスを置いて立ち上がり、波瑠の正面に立つ。右手を頭上に掲げる。

きょとんとしている波瑠の頬めがけて、右手を振り下ろした。

「いぃ――っ……てぇ……！」

波瑠は左頬を両手で押さえながら悶《もだ》える。そんなに力を込めたつもりはないのに、というか人を殴ったことなんてないからちょっとびびって力を込められなかったのに、思いのほか勢いづいてしまったようだ。

「待って。ちょっと待って。ほんとに、一旦ストップ。俺なんで殴られた……？」

「別れたとき、一発ぶん殴ってくれとか言ってたじゃん」

「殴る方だって痛いんだとかキレてたじゃん……」

「いつの話してるの。あんたを殴ったって、私はもう痛くも痒《かゆ》くもない」

ちょっと嘘《うそ》だった。時間差で右手がじんじんしてきている。

だけど、耐えられないほどの痛みじゃない。傷も痛みも、時間が経てば癒《い》えるのだ。

「それに、傷ついたときは怒ったって泣いたって、なんなら殴りかかったっていいんでしょ？」

そうか、と思う。

私が信じるべきだったのは、自分で勝手に作り上げた理想の彼女像なんかじゃなく、この言葉だったんだ。

もっともっと、早く気づけばよかった。

「どうせまだアキラに未練たらたらなんでしょ。アキラがバイト辞めたからなに？ ずっと会ってないからなに？ 大学と連絡先くらい知ってるでしょ？ さっさと連絡してアキラのとこ行って、好きだって伝えなよ」

波瑠は静かに私を見上げていた。本気でむかついているのに、ほんと綺麗な目だな、なんてのんきに感心している自分がちょっと滑稽だった。

「波瑠めんどくさいよ。乗り換えるのが嫌なんじゃなくて、振られるのが怖いだけのくせに。振られたって自業自得なんだからちゃんと受け入れなよ。どうせかっこつかないんだから無駄にかっこつけようとしないで。波瑠は単純で単細胞で子供なの。頭で考えないで自分の思うように動けばいいの。それが波瑠なの」

波瑠は知らない。私はかっこよくもなければ、ヒロインなんかでもないことを。

波瑠の方がずっと、物語のヒーローみたいな人だということを。

「今すぐアキラに連絡してアキラのとこ行って」

無駄にかっこつけているのは私も同じだ。波瑠の背中を押すふりをして、全部自分のために言っている。

波瑠が気持ちを伝えないなら別れた意味がない。いや、私に対する気持ちがなくなったのだから意味はあるかもしれないけど、私が嫌だ。必死に涙を堪えたあの日の私が報われない。

それに、早く動いてくれなければ口に出してしまいそうだった。

もう一度、やり直したいと。

言ったところでどうなるというのだろう。現状はなにも変わらない。波瑠の罪悪感に付け込んでよりを戻したいわけでも、ましてや波瑠がまた私を好きになってくれるわけでもないのだ。

だから、今すぐ。

私が波瑠との別れをちゃんと受け入れられている今のうちに、たとえ強がりでも波瑠の幸せを願える今のうちに、私の前から去ってほしい。

波瑠がぽかんと開けていた口を結ぶ。

ポケットから財布を取り出し、律儀《りちぎ》にお札をテーブルに置いた。

「りりあ、やっぱりかっこいいな」

どこまでも無神経な波瑠は、出会った頃みたいに無垢な笑顔を見せて、私に背中を向けて去っていった。

気力をすべて使い果たしてしまった私は、波瑠を見送ったあとも呆然としながら店内に居座っていた。やがて天井から足音が聞こえてくる。

「あれ、まだいた」

階段からひょっこり現れた結季さんは、すでにすっぴんパジャマだった。メイクはあまり濃くないと思っていたのに意外と変わる。抱っこされているワンちゃんはうとうとしていた。

「すみません。ちょっと感傷に浸ってました」

「いいけど」

「ふたりきりにしてくれてありがとうございました。でも、いなくなっちゃうからびっくりしましたよ。私たちが悪戯《いたずら》したり食い逃げしたりすると思わなかったんですか？」

「されたとしても素性知ってるんだから警察に通報するだけだよ」

信用してくれたわけじゃなかったのか。相変わらずシビアな人だ。

結季さんはいつまでも居座っている私を追い出すことなく、のんびりした動作でマグカップをふたつ用意した。そこに旦那さんが作り置きしていたホットコーヒーを注いでトレーに載せる。それをテーブルの真ん中に置き、さっきまで波瑠が座っていた椅子に腰かけた。

「波瑠、このお店に来たことあったんですよね。もしかして他の女の子と来てました？」

「しゅっ……守秘義務があるから」

なんてわかりやすい人だ。

動じなさそうに見えて不意打ちには案外弱いらしい。ちょっとだけ波瑠と似た匂いを感じる。初めて会った日につい気を許してしまったのはそのせいだったのかもしれない。どうやら正直じゃない私は正直な人に惹《ひ》かれやすいようだ。

「また、毒を吐いてもいいですか。たぶん、前よりどぎついやつ」

「いいよ」

どぎついって言っているのに、なんてことなさそうに結季さんが即答する。ワンちゃんは、結季さんの腕に包まれて気持ちよさそうに寝息を立てていた。

「あの子を見たとき、──すっごい地味だなって思いました」

また、ひた隠しにしていた一面が引きずり出される。

女の子にしては高めの身長に、黒のショートカット。長い前髪の奥にある顔には、メイクは施されていない。オーバーサイズの黒いTシャツにカーキのカーゴパンツ。

そんなのは表向きの感想だ。

心の中では、本当は──。

「髪、パサパサでボサボサだったんです。手入れどころか梳《と》かしてすらいない感じで、起きてそのまま外出して重力で寝ぐせ直しましたみたいな。肌だって何個もニキビあるし、至近距離じゃなくてもわかるくらい荒れてて。暗い色のダボダボの服だって、ボーイッシュ通り越して男みたいで、全然似合ってもなくて。別に可愛くなりたいとか思ってません、女なんかとっくに捨ててます、みたいな」

違う。それは別にいい。女は誰しも身だしなみに気を遣って女らしくいなければいけない、なんてことは絶対にない。人それぞれで、自由だ。

私が嫌だったのは。

「女って、自分より可愛くない女に取られるのが一番嫌だっていうよね」

毒に耐性があるらしい結季さんが、けろりと私の本音を代弁する。フィルターやエフェクトやオブラートを全部剥《は》いだ、紛うことなき本心を。

どうして私はこんな子に負けるんだろう。それがアキラさんを見たとき、波瑠を取られると感じたとき、真っ先に思ったことだった。

そう、悔しかったのだ。悔しいに決まっている。

アキラさんの外見は絶対に波瑠のタイプじゃない。それはつまり、波瑠は内面で彼女を好きになったということになるのだから。

中身で負ける。これ以上に屈辱的な敗北があるだろうか。

「彼がよく言ってくれたんです。りりあはかっこいいって。ヒロインみたいだって言ってくれたこともあって。だけど……もうとっくにばれてると思いますけど、全然そんなことないんですよ。ただ口に出さないだけで、卑屈な人間だと思われたくないから隠してるだけで、本当は心の中で黒いことばっかり考えてるんです」

「ちょっとくらい腹黒い方が人間らしくていいんじゃない？」

結季さんは本当に、冷たいのか優しいのかわからない。だけど、なぜ妙に安心してしまうのか、恋の迷宮路から抜け出せなくなっている子たちが集うのか、なんとなくわかる気がした。

結季さんには、嘘がないのだ。

その正直さが今の私には深く沁《し》みて、もはやこの優しさと冷たさの二刀流が癖になってくる。

「あーもう、完全に失恋しちゃったー。つらー。しんどー。無理ー。消えたーい。ちょっとだけ泣いてもいいですか？」

「泣くなら他で泣いて。ていうかさすがにそろそろ帰ってほしいかも」

「冷たっ。でも、前は泣いていいって言ってくれたのに。失恋で泣くのはだめなんですか？」

「だめとは言わないけど、わたしは慰める気ないしめんどくさいから。ていうかどうせ別れたときに泣いたんでしょ？　男に振られたくらいでいつまでもうじうじめそめそするな。わたしを振るなんてセンスないなーくらい思えるようになりなよ」

そこまで自己肯定感爆上げする自信はないけれど、それに近しいことを思えるくらいにはなってみたいかもしれない。

失恋したばかりなのに容赦《ようしゃ》なく冷たい結季さんに、涙じゃなく笑みがこぼれた。

「冗談ですよ。泣きませんし」

大丈夫。失恋くらいで立ち止まったりしない。

私の世界は、もう波瑠だけじゃないのだから。

それでも君が好きだった

「幸せアピールも大変だよね」

唐突にそうこぼしたのは、私の隣に座っている澄架《すみか》だった。会場を包み込んでいるバラードに自分の声を紛らわせるよう、そっと。

澄架は同じテーブルを囲んでいる私たち四人の反応を窺うようにゆっくりと見回した。ひどく戸惑いながら私も首を巡らすと、みんなは澄架の視線から逃げるべく気まずそうに俯いたりそわそわしたり、逆にお地蔵さんみたいに固まったりしている。

今日は中学時代の友達である静《しずか》の結婚式だ。挙式と披露宴を終えてこの会場に来るまで、二次会も楽しみだねと話していたはずなのに。

「中学のときは仲よかったけどさ、卒業してから全然会ってなかったじゃん。普通、結婚式に大して仲よくもない人呼ぶ？　あたしだったら絶対呼べない。こいつ見栄張ってんなー友達いないんだろうなーって思われたくないし。だったらいっそのこと親族だけでやるとか、むしろ式自体やらないかも。新郎側けっこういたじゃん、友達。だから人数合わせなのか見栄張りたかったのか知らないけど、知り合い集めるのに必死だったんだろうね」

ひと息に言った澄架に、誰も便乗はしなかった。だけど、止めることもしなかった。

こういうの嫌だ。ものすごく嫌だ。胸がざわざわする。

挙式で真っ白なウエディングドレスに身を包んだ姿に拍手を送ったときも、披露宴で鮮やかなレモンイエローのドレスにお色直しした姿に歓声を上げたときも、静が読み上げる両親への手紙に涙していたときも、心の中ではこんなふうに思っていたのだろうか。

可愛い、綺麗、似合ってる、おめでとう、お幸せに、いい式だった、感動した。

静に伝えたあの言葉たちも、全部嘘だったのだろうか。

「そういうつもりじゃないと思うよ。確かに中学卒業してからはあんまり会えてなかったけど、それでもたまに遊んでたじゃん」

今言える精一杯の反論を絞り出すと、澄架はさっきの私みたいに戸惑いを見せた。

「いやだから、たまにでしょ。高校まではまあまあ会ってたかもだけど、卒業してからは年に一回会うか会わないかくらいだったじゃん」

「それは静が就職して忙しくなったからでしょ？　大学生と社会人じゃなかなかタイミングも合わないし。静が私たちを招待してくれたのは、見栄なんかじゃなくて、私たちのことを友達だって思ってくれてるからだと思う。結婚式に参列してほしいって静が連絡くれたとき、私は嬉しかったよ」

場が白ける、というのを初めて体感した。いや、初めてなのかは定かじゃないけれど、ここまであからさまなのは初めてだった。

澄架はそっぽを向いて、無意識なのか唇の片端を歪《いびつ》に上げている。音こそ聞こえてこないものの、鼻で笑われているように感じてしまう。

「あー、うん、ごめん。こんなとこでする話じゃなかったね」

苦笑いしながらこぼした澄架の言葉にあまり心がこもっていないように聞こえたのは、私が意地になっているせいだろうか。

私が言葉に詰まっていると、澄架が続けた。

「茉白《ましろ》はほんとピュアっていうか、いい子だよね。式のときもすっごい泣いてたし」

それが褒め言葉ではなく揶揄だと感じてしまうのも、私の受け取り方の問題なのだろうか。

私たちの声が聞こえてしまったのか、もしくは険悪な雰囲気を感じ取ったのか、他のテーブルにいる人たちの視線がちらほら集まってきた。

この話は終わりにした方がいい。なんとか場を持ち直さなければいけない。

だけど、どうしても笑えない。

静を含めた私たち六人は中学で知り合い、三年間ずっと一緒に過ごしていた。卒業してから六年経つけれど、それでも定期的に連絡を取っては集まり、楽しい時間を過ごしてきたのに。今日の結婚式だけじゃなく、あの日々まで幻想だったみたいに感じてしまう。

それに、あまり会わなくなったのは静だけじゃない。私たちだって、大学がバラバラになってからは年に二、三回集まる程度だ。

なんだかもう泣きそうだ。だけど泣くわけにいかない。この壊れかけの空気にいよいよピリオドが打たれてしまう。

込み上げる涙を必死に堪えていたとき、

「やっべえガチ感動した。クッソ泣いたわー」

和気あいあいとしていた新郎側から、ひときわ大きな声が響いた。

もはや絶望的な空気になっていた私たちも、反射的に声がした方を向く。

「いやおまえ泣いてねえじゃん。一滴も涙出てなかったじゃん」

「心の中で大号泣してたんだよ」

「だから泣いてねえんじゃん」

ぽかんとしながら見ていると、大声を出した彼が立ち上がった。なにやら笑顔で私たちのテーブルへ近づいてくる。

「静ちゃんの友達だよね？　せっかく式来てんのに全然絡むタイミングなくね？　もう二次会だし、どっち側とか関係なく一緒に飲もうよ」

ナンパまがいのことをしてきた彼に、警戒心よりも安堵の方が圧倒的に勝った。張り詰めていた空気が瞬時に緩み、澄架に笑顔が戻ったからだ。

安堵したのは私だけじゃなく、みんなも顔を明るくして口々に言った。

「え、いいよー。飲も飲も」

「なんかきっぱり分かれてんのも気まずいしね。もう席とかごっちゃでいいよね？」

「むしろテーブル移動させてくっつけちゃう？」

「そうしよー。あとで戻せば大丈夫だよね」

場が和むと同時に会場の明かりが消える。ゆるやかに流れていたバラードが途切れ、披露宴の入場曲にもなっていたアップテンポのウエディングソングに切り替わる。両開きの大きな扉がスポットライトで照らされる。

「皆様、大変長らくお待たせしました！　新郎新婦の入場です！」

司会がマイクを持って声高らかにアナウンスすると、会場が拍手に包まれた。すぐさま会場のスタッフが持ち場につき、扉を両側に開く。

ミントグリーンのロングドレスに身を包んだ静と、ライトグレーのスーツに着替えた旦那さんが笑顔で登場した。

ああ、やっぱり綺麗だ。何度見ても感動する。この涙は堪えなくてもいいだろう。

突如現れた彼のおかげで、私は心から祝福の拍手を送ることができた。

大声を出した彼こと稚冬《ちふゆ》くんとその仲間たちも新郎の中学時代の友達で、私たちより四歳上らしい。

「へー、澄架ちゃんって彼氏いないんだ」

「うん。こないだ振られたばっか」

「まじか。澄架ちゃん振るとかもったいねー」

「うーわ、チャラッ」

「え、なんで？」

すっかり通常運転になった澄架よりも私が気になっているのは、一緒に飲もうと最初に声をかけてきたはずの稚冬くんがほとんど喋《しゃべ》っていないことだ。みんなの話に笑いもせず相槌すら打たず、ずっとスマホをいじっている。とても私たちと絡む気があるようには見えない。

「茉白ちゃんも彼氏いないの？」

稚冬くんを観察していた私は、いきなり話を振られて身構えてしまう。私とは無縁の話だと油断しきっていたから余計に。男性陣の中で一番陽気なこのアオイくんは、ずっと盛り上げ役に徹している。なかなか話に入れなかった私に気を遣ってくれたのだろう。

びっくりして口ごもってしまった私の代わりに、

「茉白、こんな可愛いのに彼氏できたことないんだよ」

シャンパンを浴びるように飲み続けて完全に目が据わっている澄架が答えた。

「ガチ？　え、まさか処……」

言いかけた男の人の頭を、稚冬くんがすかさず殴る。頭が小刻みにバウンドしているからなかなかの力を込めたようだ。それでも彼が『処女？』と言いかけたことにはたぶん全員が気づいていた。そして全員ではないかもしれないけど、同じ単語が頭に浮かんだことだろう。

私は今日、一体何度変な空気にすれば気が済むのか。申し訳なさを感じつつ、うまくごまかすことも笑い飛ばすことも、否定することもできない。

だって、私が二十一歳にもなって処女だというのは事実なのだから。

それが普通なのか遅いのかはわからない。だけど未経験どころか彼氏ができたことすらないのは、少なくとも仲間内では私だけだった。

「みんなお待たせー！」

各テーブルを順番に回っていた静と旦那さんが、私たちの席にやってきた。

「待ったよー！　遅いよー！」

「ごめんごめん」

助けてくれた、と思った。

会場はそれほど広くないし、私たちのテーブルは一段と賑やかだったから、今の話はきっと聞こえていただろう。静は私がこういう話が苦手なことを知っているから、困っていることに気づいてくれたのだ。やっぱり、どう考えても見栄なんかで私たちを招待するような子じゃない。

静と目が合う。口パクで「ありがとう」と伝えると、静は柔らかく微笑んだ。

輪の中心にふたり分のスペースを空けて、本日の主役を迎え入れる。

「ねえ静、二次会ってなんかやるの？　普通に飲み会って感じ？」

「澄架、顔真っ赤だよ。どんだけ飲んだの。もうすぐゲームも始まるから楽しみにしてて。奮発したから景品けっこう豪華だよ」

「やったー！　ありがとう静ー！　絶対景品勝ち取る！」

笑顔を交わす澄架と静にほっとする。さっきはあんなことを言っていたけれど、やっぱり本心なんかじゃなかったんだ。ムキになって卑屈になって、一番子供だったのは私だったのかもしれない。

もはや静たちの懐を心配してしまうほど本当に豪華な景品が取りそろえられたゲーム大会は、その日一番の盛り上がりを見せた。


ゲームでテンションが最高潮に達した私たちは、そのまま三次会、四次会と参加し、解散する頃には深夜になっていた。

とっくに終電はなくなっているから、私の車でみんなを送っていくことになった。

というか、それを見越して車で来たと言った方が正しい。飲み会のときに終電を逃すのは毎度お決まりのパターンなのだ。

二月の北海道はアスファルトが雪で隠されているため白線が見えるはずもなく、さらに大雪に見舞われているせいで外灯も役に立たず、頼れるのはヘッドライトに照らされた轍《わだち》だけ。視界が悪い夜道を慎重に運転する。

「茉白、さっきはまじでごめん。余計なこと言った」

女の子たちを三人送り届けたタイミングで、助手席に座っている澄架が二本目のペットボトルの水を一気飲みしてから言った。唐突な謝罪ではあるものの、聞き返さなくたってなにに対しての『ごめん』なのかは理解している。

「私は気にしてないよ」

「や、でも、ほら……たぶん茉白が処女だってみんなにばれちゃったし。あーもう、また飲みすぎた。あたしなんでいつもこうなんだろ……ほんとごめん。しばらく禁酒する……」

「大丈夫だってば。ほんと気にしてないから」

ていうか慣れてるから、とは言わないでおいた。

泥酔した澄架が暗に私が処女であることを周囲に匂わせてしまうのも、その後の謝罪と禁酒宣言も、今日に限った話ではない。これもまたお決まりのパターンなのだ。

酔うと記憶をなくすタイプの澄架が覚えていないだけ。

なにより、澄架が致命的なミスを犯したのは二次会のときではなくたった今だ。

私の車に乗っていたのは女の子だけではない。三列目シートには、私と家が近いらしく話の流れで送っていくことになった稚冬くんが乗っているのだ。つまり、たった今稚冬くんに私が処女だと確信させてしまったのである。まだ酔いが醒《さ》めていない澄架はそのことに気づいていないらしい。

バックミラーをちらりと見れば、稚冬くんは俯いて目を閉じていた。

「でもさ、真面目な話。あんま頑なになってないで、彼氏くらいつくった方がいいよ。茉白ならいくらでも男寄ってくるじゃん」

「別に頑なになんかなってないよ。それに、みんなに言われるほどモテないし」

「それは茉白が変なオーラ出してるからでしょ。男の子たちと遊んでるときもあんまり喋んないしさ。ちょっと愛想よくすればいくらでも選びたい放題なのに。あたしも茉白の顔に生まれたら人生パラダイスだったわ」

もはや補足するまでもないかもしれないけど、これもお決まりの会話である。

そしてこの会話をするたびに、私はどこか釈然としない心地になってしまう。

言葉を返せないでいるうちに澄架の実家に着く。助かった、と思ってしまった自分に少し嫌気が差した。

飲み会時のルーティンをすべて網羅した澄架が、すっきりした顔で車を降りる。すぐには発進せず、いつも通り澄架の後ろ姿を見届ける。ただでさえ足元がふらついている澄架は、ヒールが高いパンプスで雪道と格闘しながらも玄関にたどり着き、ちゃんと鍵を開けて中に入っていった。

再びバックミラーを見れば、稚冬くんはまだ俯いていた。

ちょっと悩みつつ、

「稚冬くん、起きてますか?」

声をかけると、稚冬くんははっと目を開けた。

「あ、ごめん寝てた。着いた?」

「まだです。申し訳ないんですけど、助手席来てくれないかなって。ひとりで運転するのちょっと寂しいし。寝ててもいいので、来るだけ来てくれたら嬉しいです」

「ああ、行く行く。送ってもらってんだから話し相手くらいさせていただきます。ちょっと寝たら目覚めたし」

「よかった。助かります」

「敬語使わなくていいよ。全員初っ端《しょぱな》からタメ語で、ずっと敬語使ってんの茉白ちゃんだけだったじゃん。礼儀正しいな」

それは私が礼儀正しいわけじゃなく、私以外全員泥酔していたからだ。みんな素面《しらふ》のときはさすがに四歳も上の人にいきなりタメ語を使ったりしない。

「じゃあお言葉に甘えて」

稚冬くんが助手席に移動してシートベルトを締めるのを確認し、車を発進させた。

「茉白ちゃんって酒飲めないの？　下戸？」

「強くはないけど飲めるよ。なんで？」

「なんでって、車で来てるから」

車に乗ってから、というか二次会の途中で合流してからほとんど喋っていなかったのに、気を遣って話を振ってくれているのだろうか。正直ちょっと眠いから助かる。

「みんなで飲んでるとき、終電逃して帰れなくて大変だったことしょっちゅうあったの。だから最近は車で行くようにしてる。私が車出せばみんな時間気にせずに飲めるし、始発まで待たなくても帰れるでしょ？」

二十歳を迎えて堂々と外でお酒を飲めるようになったばかりの頃、私たちはすぐさますすきのの街へ繰り出した。札幌市内でもかなり田舎の方に住んでいた私たちにとって、すすきのでオールという響きはちょっとした憧れでもあったのだ。

何軒もハシゴしながら、脳が欲するままにアルコールを摂取した。予定通りカラオケに入るまではいいのだけど、オールするという意気込みはどこへやら、三時か四時頃になると『気持ち悪い』『吐きそう』『帰りたい』『布団で寝たい』の大合唱が始まるのだ。

　それを何度か繰り返してさすがに学習した私は、地元以外で飲むときは親に車を借りるようになった。

「自分を犠牲にしてまでみんなに飲ませてんの？　優しすぎるだろ」

「犠牲って、大げさだよ。優しいわけじゃなくて、別に私はお酒飲まなくても楽しめるし平気ってだけ。それに、運転も好きだし」

「けど、もう二時間くらい運転してるじゃん。送ってもらっといて言うのもなんだけど、こんな夜中にこんな路面も視界も最悪でさすがにきつくない？　俺だったら絶対無理」

　ナビに表示されている時間を見れば、確かに二時間以上運転していた。時刻は四時になろうとしている。稚冬くんの言う通り路面も視界も最悪な中、さらに途中コンビニに寄ったりしていたからいつもより時間を食ってしまった。

「同中って言ってたからみんな家近いのかと思ってたけどバラバラだし、すげえ遠回りだったね」

「実家は近いんだけど、大学に入ってから私と澄架以外はひとり暮らし始めたから」

「酒飲めなくて足に使われて、メリットゼロじゃん。みんな駐車場代とかガソリン代とか出してくれてんの？」

「そんなのもらえないよ。使われてるわけじゃなくて私が勝手に車出してるだけだし」

「……へえ。すげえいい子だな」

今の会話のどこでいい子だと判断されたのかわからない。むしろ、そう思ってくれる稚冬くんが優しいいんじゃないだろうか。

意外と会話が弾んでいるうちに稚冬くんのマンションに着き、ハザードランプをつけて道路脇に停車する。シートベルトを外す稚冬くんを横目に、名残惜しいような心地になっているのはどうしてだろう。

なんとなくだけど、稚冬くんともう少し話してみたかった。

そんな私の心境を知るはずもない稚冬くんは、さっさと自分の荷物を持って「ありがと」と微笑みながら、私に手を振ってマンションの中へ入っていった。

ここから私の家は十分もかからない。稚冬くんのおかげで目が覚めた私は、最後の気力を振り絞ってアクセルを——。

「あれ?」

ふいに助手席のドリンクホルダーが視界に入る。目を凝らせばお札が挟まれていた。手に取ってみると、千円札が三枚あった。

澄架はドリンクホルダーにペットボトルを置いていたから、お札なんて挟まないだろう。だとしたら稚冬くんだろうか?

忘れ物……ではない。たぶん。財布ならまだしも、お札だけ忘れるなんて不自然すぎる。

「あ」

――駐車場代とかガソリン代とか出してくれてんの？

もしかして、駐車場代とガソリン代、だろうか。それにしても、いつの間に？

「ていうか、なんでドリンクホルダー……？」

お金の話をしたとき、そんなのもらえないと私が言ったからだろうか。もし直接手渡されていたら、私はきっと受け取らなかった。

私が運転に集中している隙を見て、稚冬くんがこっそり財布からお札を取り出してドリンクホルダーに挟む光景を想像する。胸のあたりがきゅっと締めつけられてちょっと苦しくなるような、けれど決して不快ではない不思議な感覚が走った。

さっきよりもはっきりとした名残惜しさを感じながら、私はアクセルを踏んだ。

＊

静の結婚式から一週間が経ち、余韻も落ち着いてきた頃。

「やっほー」

バイト先の閉店作業中にいきなり現れたその人を見て、私は危うく今日入荷したばかりのお皿を落とすところだった。

「ち、稚冬くん？　なんで？　いるの？　え、なんで？　知ってるの？　バイト！」

「聞いたから。俺の会社も大通《おおどおり》だから近いし、ちょっと寄ってみようかなと思って。てかそんなテンパんなくても」

「テンパるよ……」

澄架たちはアオイくんたちと連絡先を交換していたから、澄架発アオイくん経由稚冬くん着だろうか。

稚冬くんの連絡先を訊いておかなかったことを少し後悔していた私は、驚きと同時に、素直に嬉しかった。

また会えたらいいなと——会いたいなと、思っていたから。

仕事帰りだという稚冬くんは、結婚式で見た礼服ではなくビジネススーツを着て、落ち着いた色のネクタイをしていた。あの日は下ろしていた前髪も上げて爽やかさが増している。ちょっと童顔だから（私も人のことは言えないけれど）あまり年上に見えないなと思っていたのに、雰囲気が違うだけでやけに大人っぽく感じる。

「雑貨屋でバイトしてんの、すげえ茉白ちゃんっぽい」

「どういう意味？」

「そう訊かれると困るな。似合ってるって意味」

なおさらわからない。雑貨屋が似合うってどういう意味だろう。稚冬くんは笑っているから、とりあえず褒め言葉と取ってもいいのだろうか。

「茉白ちゃんってバイト何時まで？」

「もう終わるよ。九時で閉店だから」

「じゃあ飯でも食いに行こうよ。今日って車？」

「うん、行こう。行きたい。今日は電車だよ」

「ちょうどよかった。そこらへんで待ってるから、終わったら教えて」

ただご飯に誘ってくれただけなのに、ずっと立ちっぱなしでくたくたтака体から疲れが吹っ飛んでしまった。


稚冬くんが『ちょうどいい』と言った意味は、お店を出てすぐにわかった。今日は稚冬くんが車で来ていたのだ。

助手席に乗ると、ホワイトムスクの香りの中にかすかに煙草の匂いがした。煙草を吸うのは意外だけれど、黒のＳＵＶも芳香剤のセンスも、なんとなく稚冬くんっぽい。

私は特に食べたいものがないから、稚冬くんおすすめのお店に行くことになった。

大通から十分ほど車を走らせて着いたのは、中島公園付近にあるこぢんまりとしたお店だった。外壁がクリーム色の可愛らしい一軒家だ。

「こんにちはー」

稚冬くんがガラスドアを開ける。なぜかすぐに入ろうとしない稚冬くんの後ろから中を覗くと、カウンター席の前で、マスターらしき三十代半ばくらいの男性がクリーム色のチワワとたわむれていた。ものすごく楽しそうにあひゃひゃひゃひゃと笑いながら、自分の体と犬用のおもちゃを駆使して全力で。

稚冬くんは一旦無言でドアを閉める。五秒ほど待ってから再び開けると、マスター（仮）は、歯を剥《む》き出して低く唸っているチワワを抱っこしながら「……ませ」と頭を下げた。まさに火が出そうなくらい顔を真っ赤に染めて。

どうやらマスター（仮）に気を遣ってさっきの光景を見なかったことにしたらしい稚冬くんは、「こんばんはー」と言いながらマスター（仮）の案内を待たずして歩きだす。私もマスター（仮）に会釈をして稚冬くんのあとを追い、ドアから一番離れたテーブル席に向かい合って座った。

「好きなの選んでいいよ。俺なんでも食えるから」

「稚冬くんは？」

「とりあえず烏龍茶」

「じゃあ私も烏龍茶にしようかな」

「酒飲めばいいじゃん。今日は車じゃないんだから」

「え、でも、稚冬くん飲めないし」

「俺のことは気にしなくていいから。茉白ちゃんだっていつもみんなが飲んでるとき我慢してんでしょ。無理して飲めとは言わないけど、飲みたかったら飲みなよ」

正直に言えば、ものすごく飲みたい気分だった。今日は疲れたし、大学は春休み中だから明日の心配はいらないし、バイトは入ってるけど夕方からだから時間を気にする必要もない。もっと正直に言えば、友達と飲み会をしているときに私も飲みたくなったことは何度もある。

なるほど。そうか。さっきの『ちょうどよかった』は、こういう意味も含んでいたのかもしれない。稚冬くんは、やっぱり優しい人だ。

稚冬くんに手渡されたメニュー表を開く。

「じゃあ、お言葉に甘えて。ビール飲もうかな」

「え、カルーアミルクとかかと思った」

「なにそれ」

よくわからないけれど、笑っている稚冬くんを見ていると、まあいっかと思ってしまうから不思議だ。

稚冬くんはよく笑う。まだ二回しか会っていないのに妙な安心感があるのはそのせいだろうか。あと会話のテンポなのか声のトーンなのか、はたまたテンションなのかはわからないけれど、稚冬くんと話していると肩の力が抜けてしまう。

私にとって、男の人とこんなに自然体で話せることはレアだ。〝もっと話したい〟や〝また会いたい〟という感覚を抱くのはもっとレアというか、初めてかもしれなかった。

「いらっしゃいませー。稚冬くんやっほー」

「結季さん、こんばんは」

注文を取りに来たのはマスター（仮）ではなく、エプロンをした二十代後半くらいの小柄な女性だった。目も合わせてくれなかったマスター（仮）や警戒心剥き出しのワンちゃんとは対照的に、フレンドリーでにこやかな人だ。マスター（仮）は、さっきワンちゃんとたわむれていたときとは別人みたいに気配を殺しながら、カウンターの奥でコーヒーを淹れていた。

注文を伝えると、結季さんは厨房に向かう途中でトコトコ歩いてきたワンちゃんと濃厚かつ熱い抱擁を交わしていた。相当溺愛しているようだ。

「稚冬くんって、このお店よく来るの？」

「たまに。てかたまにしか来れないんだよね。営業時間も休みも完全不定期だから、来てみなきゃ開いてんのかわかんなくて。通りかかって開いてたら入るくらいかな」

「そ、そうなんだ」

なんだか不思議なお店だ。

聞けば、マスター（仮）と注文を取りに来た結季さんは夫婦らしい。旦那さんがマスターだそうなので（仮）を外すことにした。

いくつかの料理とドリンクが運ばれてきて乾杯をする。ずっとタイミングを見計らっていた私は、すぐさま財布から千円札を取り出して稚冬くんに向けた。

「え、なに？」

「結婚式の日、車に三千円置いていってくれたの稚冬くんでしょ？」

「駐車場代とガソリン代だよ。自分の分を払っただけで別に全額出してるわけじゃないんだから返さなくていいって。送ってくれてすげえ助かったし。あと返されると滑ったみたいでちょっと恥ずかしいから受け取って」

「だから、千円。受け取らないいんじゃなくて余った分を返すだけ。多めに見積もっても六人全員で割ったらひとり千円ちょっとだし、私の分を抜いてくれたにしても三千円はさすがに多すぎるから」

「きっちりしてんな」

躊躇《ちゅうちょ》していた稚冬くんは、「うん、まあ、じゃあ……」と渋々受け取ってくれた。

恥ずかしさを紛らわすように烏龍茶をちびちび飲む。

「直接渡したら絶対受け取らないだろうなって思ってたけど、まさか返されると思わなかったな……」

「だから返すわけじゃないってば。二千円はありがたくもらっとく。もし私が逆の立場だったらちょっとくらいお金払わなきゃ気が済まないっていうか、申し訳なくて落ち着かないと思うし。稚冬くんもそういうタイプなのかなって」

「あ、そうそう。俺が嫌なの。だからもらっといて」

やっと笑ってくれた稚冬くんにほっとして、泡が消えかけているビールに口をつけた。

飲み会のときに車を出すのは、自分の意思なのだからもちろん苦ではない。だけどやっぱり、外で飲むお酒は最高においしい。

「あと、もうひとつ訊きたいことあって。結婚式の二次会のとき、もしかして私たちの空気カオスになってたの気づいて助けてくれた？」

「なんの話？」

「やっべえガチ感動した、クッソ泣いたわーの話。アオイくんも言ってたけど、絶対泣いてなかったよね」

「だから心の中で大号泣してたんだって」

「でも、ものすんっごくわざとらしかったよ」

観念したように苦笑いをこぼした稚冬くんは、私から目を逸らして料理に箸をつけた。

「別に助けたわけじゃないよ。感動したってのはほんとだし。どんどん声でかくなってくから途中から丸聞こえで、俺らは楽しんでたのに雰囲気ぶち壊されたみたいで、あいつクソだなって腹立っただけ」

とても怒っているようには見えなかったのに。だから合流してからも全然喋らなかったんだ。

「ありがとう」

「だから助けたわけじゃないって」

「そうだとしても、私は助けられたよ。稚冬くんが一緒に飲もうって言ってくれなかったら、もうどうにもならなかったから。私が二次会台無しにしてたと思う」

「そうなの？　ああいうときって悪口に便乗するか適当に笑ってやり過ごす方がずっと楽なのに、静ちゃんのこと全力でかばってたじゃん。なんかすげえいい子いるなって思いながら見てたけど」

優しい、いい子、ピュア。

今まで何度言われてきただろう。そう思ってくれるのは嬉しい。だけど私は、みんなに思われているほどいい子じゃない。

だって、あの日のことを思い出すだけで今でも胸がざわざわする。

「稚冬くん、こないだも私のことといい子だって言ってくれたけど、全然そんなことないんだよ。あのとき、だったら参列しなきゃよかったじゃんって思ってたし、言えるものなら言いたかった。だけど静の晴れ舞台を台無しにしたくなかったから黙ってただけで、本当はすごく……イライラしてた」

あの日、澄架は謝ってくれた。だけど謝る相手は私じゃなくて静だ。あんなふうに言われていたことを知らない静に直接謝れとは言わないけれど、せめて言いすぎたことを反省してほしいし、できるなら前言撤回してほしい。一週間が経っても、そんな気持ちがしこりみたいに残っているのだ。

だけど、とも思う。

「でもね、全然クソなんかじゃないよ。澄架って普段はあんなふうに陰口言う子じゃなくて、どっちかといえば本人に直接言うタイプだし。ほら、彼氏と別れたばっかりだって言ってたでしょ？　別れたの、たった一週間前だったの。だからまだすごく落ち込んでたし、それで八つ当たりみたいなこと言っちゃっただけだと思うんだよ。あんなの本心じゃなかっただろうし、悪気もなかったと思う。みんなもそれをわかってたからあえて止めなかったんじゃないかなって、あとから気づいて」

もしかすると、あのとき誰よりも空気を読めていなかったのは私だったのかもしれない。澄架が落ち着くのを黙って待っていれば、あんな絶望的な空気にしないで済んだのではないか。

グラスに口をつけると、キンキンに冷えていたビールが少しぬるくなってしまっていた。苦味だけが口に広がり、思わず唇を歪《ゆが》めてしまう。

「そっか」

言いながら、稚冬くんが私に向けて手を伸ばした。なぜこのタイミングで握手を求められるのかと驚いたけれど、手の向きや高さ的にたぶん違う。

ぽかんとしている私に、稚冬くんは「頭」と言いながら手招きをした。素直に頭を差し出すと、くしゃくしゃとちょっと乱暴に撫《な》でられた。

「え、なに？」

「よく我慢したな。茉白ちゃんやっぱいい子だよ。えらいえらい」

稚冬くんが顔をくしゃくしゃにして笑った。完全に子供扱いされているのに、なぜかどうしようもなく安心する。

二次会のときに堪えた涙がワープしてきたみたいに、鼻の奥がつんと痛んだ。

「……お酒、おかわり頼んでいい？」

「好きなだけどうぞ」

苦いだけになってしまったビールを飲み干して、今度はジントニックと、「けっこう強いのいくよな」と笑う稚冬くんの烏龍茶も注文した。追加のドリンクと一緒に、最初に頼んでいた残りの料理も運ばれてくる。

「ねえ稚冬くん、もうひとつ訊いてもいい？」

「質問多いな。いいけど」

「帰りの車で私と澄架が話してたとき、ほんとは起きてたでしょ」

「いや寝てたよ」

「嘘だ。澄架が処女ってワード出したから狸《たぬき》寝入りしただけ。だって私、その五秒くらい前にバックミラー見たもん。ほんとに寝てると思ったらわざわざ起こして助手席来てほしいなんて言わないよ」

「盗み見かよ。こえーよ」

「運転中にバックミラー確認するのは当たり前でしょ」

稚冬くんはばつが悪そうに俯いて、

「二次会のときから思ってたけどさ。その、経験ないとか、あんま人前でそういうこと言わない方がいいよ」

私だけに届く最小限の声量で言った。

「私が言ったわけじゃないよ。それに今までだって自分から言ったことなんか一回もないし」

「そうだけど。……いやそうじゃなくて。ああいう話題になっても否定した方がいいって言ってんの」

「でもほんとのことだし、わざわざ否定するのもどうなのかなって。それに、変な目で見られたりするのはちょっと嫌だけど、私は恥ずかしいことだと思ってないから。初めては全部、本当に好きな人とがいいの。普通のことでしょ?」

澄架が言うように、私が頑なになっていると思われてしまうのも仕方がないのかもしれない。だけどそういうわけではなく、これが本心なのだ。私の価値観が正しいとは思っていないけれど、決して変なことではないはずだ。

なにか言いたげに視線を彷徨《さまよ》わせた稚冬くんは、なるほどね、とだけ呟いた。二十一にもなってなに言ってんだこいつって引かれたのかもしれない。

それでも小馬鹿にしてこないところが、やっぱり優しいなと思った。

*

「茉白、最近よく稚冬くんと会ってるんだって?」

一か月ぶりに澄架に会うと、澄架は乾杯するや否や切り出した。

今日は近所の居酒屋でサシ飲みだ。今までもふたりで会うことはもちろんあったけれど、今日は珍しく澄架が『サシ飲みだからね』と念を押してきたので、誰も誘わず指定されたお店に来た。

「うん、会ってるよ」

「毎回稚冬くんから誘われてるの？」

「私から誘うときもあるよ。稚冬くんの会社と私のバイト先が近いから誘いやすくて」

なぜか澄架から禍々《まがまが》しいオーラを感じるので、稚冬くんといるの楽しいし、とはなんとなく言えなかった。

「茉白ってさ、まさか……稚冬くんのこと好きなの？」

とても恋バナとは思えない深刻な顔つきと声音で澄架が問う。

稚冬くんのことが好きなんて、考えたこともなかった。

気になっている、といえば気になっているのだと思う。会う約束をしたら嬉しいし楽しみだし、そうじゃないときも、稚冬くんは今日なにをしているんだろうとか考えることもある。

だけど、まだわからなかった。〝好き〟ってなんだろう。

私が答えられずにいると、澄架は腕まくりして焼酎の水割りを胃に流し込んだ。

「稚冬くんはやめた方がいいよ」

「え……なんで？」

「だって稚冬くん、たぶん……その、経験豊富なタイプだよ」

澄架がサシ飲みだと念押ししてきたのは、私に忠告したかったのだろうと腑《ふ》に落ちた。

稚冬くんが経験豊富だというのはなんとなくわかる。女の子の扱いに慣れているし、男性に対してかっこいいと思うことがあまりない私でさえかっこいいと思う。端正な顔立ちというより、ちょっと童顔で人懐っこそうな笑顔が可愛くて、つい気を許してしまう妙な魅力があるのだ。おまけに優しいし気が利くし、さぞかしモテるだろう。

だけど、だからなんだっていうんだろう。

「アオイくん覚えてる？　二次会で一番うるさかった人。そのアオイくんとこないだバイト帰りにたまたま会ったんだけど、稚冬くんの話になって。……彼、ちょいちょい女の子と遊んでるらしいよ。どういうことかわかるでしょ？」

澄架の口ぶりと表情からして、ちょいちょい遊んでる、というのはそういう意味なのだろう。

勘だけど、自然と稚冬くんの話になったのではなく澄架自身がアオイくんを誘導したのではないかと思った。確かにアオイくんは誰よりもテンションが高かったけれど、誰よりも空気を読んで周囲に気遣っていた。そんな人が自ら友達の、しかも決して好印象とはいえない情報を漏らすとは思えない。そうでなくとも、偶然会った知り合いに道すがらそんな話をするのは不自然すぎる。そしてなにより、澄架はときどき探りを入れながら話を始める癖がある。

「そんなの珍しいことじゃないでしょ？　それに稚冬くんは今彼女がいるわけじゃないし、なにをしようが稚冬くんの自由だと思うけど」

「いや、うん、だからさ。あたしらにとっては珍しいことじゃなくても、茉白にとってはちょっと、なんていうか……ダメージでかいでしょ。はっきり言って、向こうは明らかに上級者じゃん。茉白にはハードル高すぎると思う」

澄架の言っていることは、わからなくはなかった。いや、わかっていた。私じゃ稚冬くんとは釣り合わないと言いたいのだろう。というか、私はまだ稚冬くんが好きだなんて言っていないのに。

もしも私が稚冬くんのことを好きだとして、だからってなぜこんな忠告を受けなければいけないいんだろう。なぜ遠回しに諦めろと説得されなければいけないんだろう。稚冬くんが経験豊富で、万が一誰とでも寝るような人だったとして、だからなんだというんだろう。経験値が違うというだけで、好きな人を追いかけることすら止められなければならないのだろうか。

「チャラ男なんて絶対やめといた方がいいよ。茉白みたいに純粋でいい子には、なんていうか、もっと真面目で誠実な人の方が合うよ」

どうしてだろう。

どうして、みんな、いつも、そうやって。

なんでもかんでも、勝手に決めつけてかかるんだろう。

そもそも、私はみんなに思われているほど純粋でもいい子でもない。

だって今、私は。

稚冬くんの相手の子が、ちょっと憎い。

「とにかくさ、傷つくのは茉白なんだから。絶対もっといい人いるって」

澄架は私のためを思って言ってくれているのに。

どうして澄架にそんなこと言われなきゃいけないのと――余計なお世話だと、思ってしまっていた。

＊

稚冬くんと知り合ってから二か月が経ち、白に覆われていた木々や路面が顔を出していた。春休みも終わり、講義とバイトに追われる日々に戻っている。これからはプラス本格的に就活も始まるのかと思うと気が滅入ってしまう。

稚冬くんと会うときは、週末なら近所の居酒屋、平日なら『喫茶こざくら』で飲むことが多かった。営業は完全不定期だと聞いていたけれど、金曜の夜なら開いていることが比較的多いのだ。

稚冬くんと今でも会っていることは、澄架には言っていない。

「すげえ不思議なんだけどさ。茉白ちゃんって、なんで彼氏できたことないの？」

今日は稚冬くんも電車で来たというので、お互いの手元にはビールが置かれている。おいしそうに飲む姿を見ながら、毎年バイトばかりの長期連休が充実したのも就活が憂鬱とまではいかないのも、稚冬くんのおかげだなと思った。私も社会人になれば、今以上に稚冬くんと近づけるんじゃないかという期待すらある。

「なんで不思議なの？」

「すげえ可愛いから」

平然と言うからドキッとした。稚冬くんに可愛いと言われたのは初めてだ。

どうしてだろう、今まで言われたときと比べ物にならないくらい嬉しい。

「私、ちょっと冷めてるのかもしれないんだよね。気になる人くらいはできたこともあるし、男の子とふたりで遊んでるときにこの人いいなあって思ったりしたこともあるんだよ。だけど、告白されると……言い方は悪いんだけど、ちょっと引いちゃうっていうか」

「なにそれ。蛙化？」

「違うと思う。たぶん気持ちが追いつかないんだよね」

男の子と出会って、仲よくなって、ふたりで会うようになるまでは楽しいし、距離が近づけばちょっとドキドキしたりもする。だけど心の準備ができる前に告白されてしまい、相手のペースについていけず脱落してしまうのだ。

「ていうか、そもそもみんなに言われるほどモテないよ。告白された回数だって片手で足りるし」

「いやそれは嘘だろ。その顔で？」

「どの顔で？」

「すげえ食い気味にくるじゃん。俺もしかして地雷踏んだ？」

「ごめん、九割くらい八つ当たり」

「多いな」

澄架たちは、いつも私のことを可愛いと言ってくれる。あまりにも私が疑うから、小顔だとか目が大きいとかまつげが長いとか、具体的に説明してくれたこともある。男の子にも何度か言われたことはある。

それらは間違いなく褒め言葉のはずなのに、私はどうしてもピンとこなくて素直に喜べなかった。自分の顔がそんなに可愛いとは思えないし、それなりにコンプレックスもある。モテないというのも事実だ。

私が〝可愛い〟で真っ先に思い浮かぶのは、高校の先輩だったりりあちゃんだ。高校生の頃に動画で可愛すぎるとバズり、それを機にインフルエンサーとして活躍するようになった。去年大学を卒業したタイミングでYouTubeも始め、キラキラした部分だけではなく素を見せるようになってからはさらなる人気を博している。

りりあちゃんくらい可愛ければもっと自分に自信を持つことができて、可愛いと言われれば素直に喜べるのだろうか。そんなの私には想像もつかない。

なにより、

——あたしも茉白の顔に生まれたら人生パラダイスだったわ。

自分が不幸だなんて思わないけれど、パラダイスだと誇れる人生は送れていない。

「その顔でって、散々言われてきた。悩みとか打ち明けても、茉白ならどうにでもなるでしょ、余裕でしょって。……私だって人並みに悩みくらいあるのに」

「じゃあ俺が聞くよ、悩み。余裕だろとか言わないし思わないから」

こういう切り返しがすぐにできるところが優しいなと思うし、やっぱり年上なんだなと実感するし、ちょっと尊敬もする。なにより、稚冬くんはきっと、ただ静かに聞いてくれるだろうという安心感がある。

「……ないかも」

「ないのかよ」

「ていうか、今全部吹っ飛んじゃった」

「なんだそれ。大した悩みじゃないならいいけど」

無理に聞き出そうとしないところも安心する。俺が慰めてやろうとか解決してやろうとか、そういう善意の圧を一切感じないのだ。

そういえば、稚冬くんに対してマイナスな気持ちを抱いたことがない。それはきっと、稚冬くんが言葉を選びながら話してくれているからじゃないだろうか。

——だって稚冬くん、たぶん……その、経験豊富なタイプだよ。

澄架が言っていたことも、聞いたという話も、疑っているわけじゃない。むしろ納得している。だからこそ不思議に思う。

そんなにモテる人が、どうしてこんなに私に構ってくれるんだろう。

「稚冬くんって、なんで私と遊んでくれるの？」

「どうした急に。なんでだろ、なんか茉白ちゃんって妹っぽくて構いたくなるんだよな」

なるほど。可愛いってそういう意味だったのか。確かにいつも子供扱いされている気がする。

あれ。どうしてだろう。なんか胸がもやもやする。

妹っていうワードに、すごく傷ついている。

「妹じゃ嫌かも」

ああ。なるほど。そうか。そうだったのか。

今まで告白してくれた人たちに謝りたい気分だ。いつまでも進展しようとしない私に痺れを切らした人もいたかもしれないけど、言わずにいられなくなるくらい私を好きになってくれた人も中にはいたのかもしれない。好きが膨らむと、口に出せずにはいられなくなるんだ。

——彼、ちょいちょい女の子と遊んでるらしいよ。

あのとき、私はショックを受けていた。これ以上ないくらいに、はっきりと。

澄架の忠告が鬱陶しかったんじゃない。

稚冬くんを諦めろと促されたのが嫌だったんだ。

「私、稚冬くんのこと好きみたい」

知らなかった。好きだと言葉にするのはこんなにも爽快で、

「ごっ……ごめん、茉白ちゃん……」

こんなにも、痛かったんだ。

＊

「茉白、もしかして好きな人でもできた?」

結婚式以来三か月ぶりに会った静が、結婚式の感想と近況報告をひと通り終えたタイミングで私に訊いた。

「なんで?」

「なんとなく。いつもと雰囲気が違うから。よくも悪くもだけど」

最後に付け加えられたひと言で、私が負のオーラを発してしまっていることを自覚する。明るく振る舞っていたつもりだったのに、どうやら隠しきれていなかったらしい。

近況報告の最中、稚冬くんの話はしなかった。とても平然と話せる自信がなかったからだ。せっかく静と久しぶりのランチなのだから、楽しい時間だけを過ごしたかった。

「できたんだけど、振られちゃった」

「えっ? それはちょっと急展開すぎて予想外だった」

稚冬くんとのことをなるべく簡潔に伝える。澄架の発言は伏せつつ結婚式での出来事、そして一か月前に振られた日のことまで。

「それから会ってないの?」

「うん。連絡はたまにしてるけどスタンプしか返ってこないし、誘ってもずっと断られてる」

「……そうなんだ」

――ごめん。や、まじでごめん。俺全然そういうつもりじゃなくて……茉白ちゃんのことそういうふうに見れない……。

告白した日、稚冬くんは尋常じゃないほど取り乱しながら私にそう言った。そして、ごめんと何度も何度も繰り返した。

あのときの稚冬くんの表情が忘れられない。取り返しのつかないミスを犯したみたいな、やっべえどうしようって顔だった。それくらい私の告白は稚冬くんにとって予想外で、なにより大迷惑だったのだろう。

告白なんかしなければよかった。感情が高ぶったせいで勢い余ってしまったとはいえ、迂闊《うかつ》だったと思う。告白したら会ってもらえなくなる可能性なんてまったく頭になかった。

「澄架にね、言われてたんだ。稚冬くんは経験豊富なタイプだから私じゃ釣り合わない、諦めた方がいいって。もちろんそこまではっきり言われたわけじゃないけど、そういうニュアンスだったと思う。そのときはまだ稚冬くんが好きだって自覚なかったからなにも言えなかったけど……澄架の言う通りだったのかもしれないね」

恋人同士になるためには、レベルみたいなものが釣り合っていなければいけないのだろうか。もしかすると、私は経験値が低すぎるから、稚冬くんは私を恋愛対象として見られないのだろうか。

「私は、無理に諦める必要なんてないと思う」

アイスティーの氷をストローでかき混ぜながら、静が言った。

「私もね、高校のときに好きな人がいたんだけど、全然相手にされなかったの。でもどうしても諦められなくて、振り向いてもらえるように必死に頑張った。まあ最後まででだめだったんだけど、彼を好きになってよかったって最後は思えたんだよ。それってたぶん、自分で納得がいくまで頑張ったからだと思う。だから、稚冬くんのことが好きって気持ちを大事にしてほしいな」

ふいに涙腺が緩む。同時に、今日静を誘った理由がわかった。静ならそう言ってくれると、心のどこかで思っていたのだ。

澄架には、忠告されてからも稚冬くんと会っていたことも、ましてや告白したことも言っていない。だから言ったじゃんと呆れられることがわかっているからだ。

今は、そういうことを言われたくなかった。

「ありがとう。静ってほんと優しいよね」

「茉白は昔からよく私のこと優しいって言ってくれるけど、そうでもないんだよ」

「そんなことない。静は優しいよ」

「ううん。私は誰にでも優しく接するほどできた人間じゃないよ。茉白が私に優しくしてくれるから私も返したいって思えるの。……結婚式のときだって、茉白は心の底から祝福してくれてたの伝わったし」

心臓が跳ねた。まさか、二次会のとき私たちの声が聞こえていたのだろうか。

恐る恐る静を上目で見れば、静はいつも通り優しく微笑んでいた。

「二次会のとき、実はもう着替え終わって扉の前に待機してたんだ。澄架にああ言われちゃうのも無理ないなって思うよ。実際に就職してからは誘われても断ること多かったし、結婚式だってちょっと見栄みたいなのも確かにあったもん。それに澄架が彼氏と別れたばっかりっていうのも聞こえたから。そんなときに結婚式なんて行ったら確かにしんどいよね。まあだからって私が悪いとは思ってないし、何事もなかったみたいにこれからも友達やってられるかって言われたら微妙なところだけど」

「でも……傷ついたよね」

「うん。やっぱりショックだったし、ちょっとくらいは傷ついた。だから茉白ががばってくれたこと、すごく嬉しかったよ。茉白と、あと稚冬くんもいなかったら、まだしばらく入場できなかったかも」

扉の前で立ち竦んでいる静の姿を想像して、胸が痛くなる。それでも静は、きっと旦那さんに支えられながら背筋を伸ばし、笑顔で入場したのだ。ふたりの登場を心待ちにしていた私たちのために。

「私、茉白が大好きだよ。どんな結果になっても、私は茉白の味方。だから、茉白の思うようにすればいいと思う」

考えるまでもなく、答えは出ていた。

稚冬くんのことを諦められない。まだ諦めたくない。

こんな終わり方は嫌だ。もう会えないなんて絶対に嫌だ。

どうしても、稚冬くんに会いたい。

「もうちょっとだけ、頑張ってみてもいいかな。このまま終わっちゃったら、一生後悔する気がする」

「うん。いいと思う」

「もしまたきっぱり振られたら、泣き言聞いてくれる？」

「聞くよ。いくらでも。連絡くれればいつでも駆けつける」

稚冬くんに振られてから冷たい涙ばかり流していた私は、静のおかげで初めて温かい涙を流した。

＊

静に会った翌週の金曜日、夕方に講義を終えた私はひとりで『喫茶こざくら』に向かっていた。

ひとりで来るのは初めてじゃない。稚冬くんに振られた日から何度か足を運んでいた。もしかしたら会えるんじゃないかと期待していたからだ。だけどそううまくはいかず、見かけることすら一度もなかった。

そもそも、稚冬くんが言っていた通り『喫茶こざくら』が開いていること自体レアなのだと知った。ふたりで行ったときは高確率で開いていたのに、あれから一度もプレートが『ＯＰＥＮ』になっていた試しがない。たとえ、金曜の夜でも。

バッグからスマホを出し、ついさっきやり取りしたメッセージを表示する。

〈稚冬くん、何度もごめんね。今日会えないかな。ちゃんと話したい〉

〈ごめん、無理。仕事終わるの遅いし〉

〈遅くなっても私は大丈夫だよ〉

〈俺が無理なの。疲れてるから〉

〈わかった。私しつこいね。ごめんね〉

どうして何度も見返してしまうのだろう。はっきり避けられているという事実を突きつけられるだけなのに。懲りずにショックを受けるだけなのに。

だけど。もしかしたら。

やっぱり行けるよって、メッセージをくれるんじゃないかって――。

「私……ストーカーみたい」

『CLOSE』になっているプレートを見ながらついひとりごちる。まるでプレートにまでもう諦めろと説得されているみたいだ。

帰ろう。

深く息をついて踵《きびす》を返そうとしたとき、

「マシロちゃん?」

ややぎこちなく名前を呼ばれた。

振り向けば、ワンちゃんを抱っこした結季さんが立っていた。隣にはマスターもいる。ワンちゃんにリードをつけているから、散歩に行っていたのだろう。

「あ……こんばんは。すみません、今日はお休みなんですね。また来ます」

「ううん、お客さん来ないから早く閉めちゃっただけ。今日はひとり? よかったら寄ってく?」

「え……いいんですか?」

「うん。もうわたしがオフモードになっちゃったからお店は開けないけど、ひとりくらいなら。どうせわたし今から飲むつもりだったし、よかったら一緒に飲まない? 材料とかほとんど片づけちゃったから大したお構いもできないけど、その代わりちょっとサービスするよ。旦那はお酒飲めないからいつもひとりでテレビとか映画とか観ながら飲んでるんだけど、今日は人と喋りたい気分だったから」

結季さんとはあまり話したことがなかったけれど、想像以上にフレンドリーでよく喋る人だ。

「嬉しいですけど……私でいいんですか？」

「うん。なんかマシロちゃん、もう誰でもいいから話聞いてくれって顔してるし」

おまけに鋭い。それとも私が顔に出すぎているのだろうか。今はまさに、誰でもいいから話聞いてくれっていう気分だったのだ。

静は先週話を聞いてもらったばかりだし、なにより結婚している子を頻繁に呼び出すのは気が引ける。澄架には――正直まだ会いたくない。

「じゃあ……ちょっとだけ、お邪魔します」

ちょっとだけって言ったのに、結季さんがテーブルにドンと置いたのはまさかのワインボトルだった。サワーかカクテルが飲みたいとほのめかしても、あまり人の話を聞かないらしい結季さんは私のグラスにドボドボ注いだ。

その結果、

「どうしても好きなんです。絶対に諦めたくないんです。だって、初めて好きになった人なんですよ。こんなに人を好きになることなんか二度とないです。稚冬くんのこと一生忘れられない……」

ボトルが一本空く頃にはベロンベロンに酔っていた。

私よりも飲んでいるのに平然としている結季さんは、

「あはは。初恋なんかそこまで特別なもんでも記憶に残るもんでもないと思うけどね」

ほわっとした外見や話し方から想像できないくらいきっぱりした性格のうえけっこう毒舌だった。

「一生忘れられないって今は思っちゃうかもしれないけど、いつか忘れるんだよ。少なくとも記憶は薄れていくし、どんどん上書きされる。定期的に思い出しては浸ったりする人もいるみたいだけど、それって忘れられないんじゃなくて忘れたくないいんじゃないかなってわたしは思う」

結季さんの言う通りだとしても、その〝いつか〟はいつなんだろう。

また誰かにこんな気持ちを抱ける日が来るとは思えない。それくらい稚冬くんは、私にとって特別な存在になっていた。

「わたしがそこまで記憶に残るような恋愛したことないからそう思うだけかもしれないけど。それに、恋愛してる真っ最中にこんなこと言われても納得いかないよね」

椅子から立ち上がった結季さんは、厨房へ行って二本目のワインボトルとチーズなどのおつまみを持ってきた。私はこれ以上飲める気がしないのだけど。すごい酒豪だ。

私の向かいに戻ってきた結季さんは、ふたつのグラスにワインを注いだ。次はスパークリングワインにしたらしい。グラスの中で小さな泡が躍っている。

「別に今すぐ諦めろって言いたいわけじゃないよ。中途半端に終わると、あのときあしとけばなにかが違ったかも、こうしとけば変わってたかもって無駄に考えるせいで余計にずるずる引きずっちゃうと思うし。頑張れば報われるときもあるだろうしね。ただ、一生忘れられないとか悲観しないでほしいだけ」

結季さんの諭すような声を聞きながらパチパチと弾ける泡を眺めていたら、少しずつ答えが見えてきた。

なぜ私は、こんなにも諦めたくないのか。

「もし最後までだめだったとしても、後悔はしたくないんです。稚冬くんと出会えてよかったたって、初めて好きになった人が稚冬くんでよかったたって思えるように、自分で納得がいくまで頑張りたいんです」

私は、このまま終わってしまうのが、稚冬くんとのことが苦い思い出になってしまうのが嫌なんだ。

だって、あんなに楽しかったのに。こんなに好きになれたのに。

一緒に過ごした日々が全部嘘だったみたいで、この気持ちを否定されているみたいで、ものすごく嫌だ。

早くも一杯目のスパークリングワインを飲み干した結季さんは、二杯目を注いでいた。私はもうワインを見ているだけでちょっと気持ち悪いくらいなのに。

「諦めた方がいいって言ってた友達さ。単にお節介な性格なのかもしれないけど、もしかしたら危ういって感じたのかもしれないね。知らんけど。少なくともわたしは今そう思った」

「危うい、って……私がですか？」

「一定のラインを越えると執着に変わっちゃうんだよ。自分に自信がなかったり恋愛経験が少なかったりする子ほど、そのラインを越えやすいイメージが強い。だからその友達は経験値の差とかレベルが釣り合ってないとか言いたかったわけじゃなくて、茉白ちゃんがそうなる前に止めたかったのかもしれないね。間違ってたら申し訳ないけど、話聞いてる感じだと茉白ちゃん変なとこで頑固そうだし」

図星を指されて言葉に詰まる。

「単に口出したかったのかもしれないし、親友には幸せになってほしいからこそ強く言っちゃったのかもしれない。本当のところはわかんないし、どっちにしろお節介には変わりないけど、わたしも歯止めが利かなくなる前にきっぱり終わらせた方がいいんじゃないかとは思ったかな」

どうしても稚冬くんが好き。まだ諦めたくない。この気持ちは執着なんだろうか。

そんなはずないと否定する自分も、そうかもしれないと納得する自分もいる。

一体どっちなんだろう。今はまだ、わからない。

「そうですよね。しつこくしたら余計に嫌われるだけだし。頭ではわかってるんですけど」

「それもあるんだけど、自分がしんどいでしょ」

そんなことない、とは言えなかった。今でさえこんなに苦しいのに、稚冬くんに振り向いてもらえない間、私はきっと、ずっと苦しいままだ。

振り向いてもらえる保証なんてどこにもない。むしろ、完膚《かんぷ》なきまでに避けられているのだから脈なんてほぼゼロだ。

どこまで頑張れば、後悔せずに終わらせられるのだろう。

「それに、自分の感情は自分でケリつけた方がかっこよくない？」

結季さんがいきなり悪戯っぽく微笑むから、ふいに泣きそうになる。

確かに自分でケリをつけられるならそうした方がいいのだろう。

だけど、私はまだとてもこの気持ちに決着をつけられそうにない。

「好きになってよかったって思える恋、かあ」

水なの？と疑いたくなるペースでグラスを空ける結季さんは、頬杖をついて自分のグラスにもはや何杯目かもわからないワインを注いだ。グラスを持って、記憶を巡らせるように天井を見上げる。

　過去の大切な恋が語られるのかと思いきや、

「わたしからしたらおとぎ話みたいだけど、そういう恋も一生に一度くらいはあるのかもね。わたしはひとつもないけど」

　最後をやたらと強調したうえまったくもって腑に落ちていなさそうな顔をしながら、結季さんはやはり水みたいにワインを飲み干した。


『喫茶こざくら』を出た私は、ちょうど正面から来た車のライトに目が眩《くら》み、思わず顔を背けた。私の前を横切って駐車した車を見た瞬間、今度は細めた目を見張った。

　黒のＳＵＶ。見覚えのあるナンバー。

　車のライトが消え、外灯が運転席の人影をぼんやりと映し出す。やがて運転席のドアが開き、この一か月間は記憶の中でしか見ることができなかった人が目の前に立っていた。

「……稚冬くん」

　つい一か月前までは当たり前みたいに会えていたのに、姿を見ただけで奇跡みたいに感じる。名前を呼んだだけで涙が込み上げてくる。

やっと会えた――。

「いるし……」

感激している私をよそに心底嫌そうな顔をした稚冬くんにショックを受けつつ、同時にちょっとカチンとくる。

確かにしつこく連絡してしまったし、『喫茶こざくら』に来たのは稚冬くんに会える可能性を期待していたからだけど、さすがにこんな言い方も反応もひどすぎる。

「いちゃ悪いの？　稚冬くんの行きつけのお店かもしれないけど、どこでお酒飲もうが私の勝手じゃん。稚冬くんなんて、いきなり私のバイト先に来たことあったくせに」

「いや悪くないけど。ごめん、今のはすげえ感じ悪かった」

稚冬くんが私から目を逸らし、お店のプレートを確認する。店は開けないと言った結季さんはプレートを『ＣＬＯＳＥ』のままにしていた。稚冬くんは小さくため息をつきながら「帰ろっかな」と呟いて私に背を向けた。

「待って！」

稚冬くんが足を止めて振り返った。無視しないでくれたという、もはや人として当たり前の行為にさえ感動してしまう。

呼び止めたくせに、なにを言うべきかわからない。伝えたいことがありすぎるような、逆にひとつしかないような、矛盾した感覚が体を駆け抜ける。

「稚冬くん、たまに、女の子と……遊んでるって、ほんと？」

悩みに悩んだ末に出てきたのは、絶対これじゃない質問だった。稚冬くんは虚を突かれたように目を丸くする。

「ほんとだけど。なんで？」

「それは……私と知り合ってからも？」

「ないけど」

私がほっとしたことを見透かすように、

「単に最近はそういう相手がいないってだけで、茉白ちゃんと知り合ったこととはまったく関係ないよ」

間髪入れずにパワーワードを容赦なく放った。

「あのさ。そういうことも知ってるなら俺なんかやめといた方がいいって。俺は茉白ちゃんが思ってるような奴じゃないってわかっただろ。付き合ってもない女と遊んだり告ってくれた子から全力で逃げたり、平気でそういうことする奴なんだよ」

「別にそんなことでいちいち幻滅しないよ」

「してよ。……まあどっちにしろ、茉白ちゃんが俺のことどう思ってようが俺は妹としてしか見れないから」

「妹じゃないし。血繋がってないし」

「屁理屈かよ」

自分でもなにを言っているのかわからない。だけど、もうどうしていいかわからない。

どうしたら稚冬くんに振り向いてもらえるのか、せめて今この瞬間だけでも稚冬くんを繋ぎ止めておけるのか、全然わからないのだ。

「だったらもうはっきり言うけどさ。重いんだよ」

さっきよりもはるかにパワーを増したワードに、視界が大きく揺れた。

「思わせぶりな態度取っちゃってたなら謝るよ。ごめん。確かにちょっと構いすぎたなって反省してる。けど、こんな妹いたらいいなって思っちゃったんだよ」

どうして稚冬くんは私のことを〝妹〟というカテゴリーに分類したんだろう。稚冬くんが恋愛対象として見る相手と私は、一体なにが違ったんだろう。

「彼女にとって全部自分が初めてって、喜ぶ奴もたくさんいると思うよ。けど、俺には重い。好きな子だったら嬉しいって思うのかもしれないけど、茉白ちゃんのことは好きじゃないし、これからも好きにならないから」

ずっと我慢していた涙がとうとうこぼれてしまった。泣きたくなんかないのに。

だけど好きな人に真正面からここまで打ちのめされて、それでも泣かずにいられるメンタルの持ち主がこの世に存在するのだろうか。

「初めてだから重いって言うなら、稚冬くんが初めてじゃなくしてくれればいいじゃん」

「いやいやいや、ちょっと待って。まじでなに言ってんの。てか、初めては全部彼氏がいいっつってたろ」

「彼氏がいいなんてひと言も言ってない。本当に好きな人がいいって言ったの。だから、稚冬くんがいいの」

稚冬くんが困っている。こんなわけのわからない台詞は撤回しなければいけない。涙を止めなければいけない。――これだけ迷惑がられているのだから、稚冬くんのことを諦めなければいけない。

わかっているのに、全部が溢れて止まらなかった。

「だって無理なんだもん。諦められないんだもん。どうしても好きなの」

稚冬くんは泣きじゃくる私を心底うんざりした顔で見ていた。

そして、

「じゃあ、ホテル行く?」

心底面倒くさそうに乾いた声で言った。表情と台詞があべこべすぎる。

稚冬くんの家に誘ってくれなかったことにショックを受けながら、それでも私は「行く」と答えていた。

助手席に乗っても、稚冬くんはなかなか車を発進させなかった。少し窓を開けて、私の前では吸わなかった煙草を吸っている。

「茉白ちゃんさ。……ほんとにいいの？」

「しつこい。いいって言ってるじゃん。早く車出してよ」

「しつこいって茉白ちゃんには言われたくねえな」

沈黙が落ちる。『喫茶こざくら』の明かりが消え、まるで私の気持ちとシンクロするみたいに辺りが暗くなる。

光をなくしたこの場所は、改めて見ればちょっと不気味だった。木に囲まれていて閑散としていて、物音ひとつしない。稚冬くんと一緒に来たときは、たとえ明かりがついていなくても不気味だなんて思ったことがなかったのに。

最後のひと口を大きく吸った稚冬くんは、まるで全身の空気を抜くみたいに深く紫煙を吐いた。

「あのさ。やっぱやめとけって。ずっと大事にしてきたんだろ。こんなとこで捨てるなよ」

「捨てるわけじゃない。稚冬くんとだからだよ」

「気持ち利用された挙げ句ヤリ捨てされるんだから、そんなのドブに捨てるのと同じだろ。いくら茉白ちゃんが好きな相手でもさ、相手も本気で茉白ちゃんのこと好きじゃなきゃ意味ないいんじゃないの」

「私は――」

それでもいい、とは、言えなかった。

いいわけがない。そんなの嫌に決まっている。

私がほしいのは、束の間の幸せでも忘れられない思い出でもない。

稚冬くんの気持ちがもらえないなら、こんなの意味がない。

「茉白ちゃんとしたとしても、俺は茉白ちゃんを好きにならないよ。一回ヤッたからって情も湧かない。悪いけど、俺はそういう奴だから」

やっぱり稚冬くんには見透かされている。

ずっと大切にしてきた〝初めて〟を、大好きな人に、稚冬くんにもらってほしかった。それは紛れもなく本心だ。だけど同時に、私は〝初めて〟を武器にして稚冬くんを繋ぎ止めようとしたのだ。稚冬くんの気持ちが変わるんじゃないかという、一縷の望みに賭けて。

――一定のラインを越えると執着に変わっちゃうんだよ。

結季さんの言葉が耳の奥でこだまする。

ああ、ここだ、と思った。これ以上はだめだ、と。

「……ごめんなさい」

稚冬くんのよく笑うところが素敵だと思った。きっと好きになった一番の理由はその笑顔だった。

なのに私は、稚冬くんに疲れた顔ばかりさせている。

今度こそ諦めると伝えて車を降りなければいけない。自分に言い聞かせるよう拳を握りしめても、体の震えが増すだけだった。

だって降りてしまえば、本当にもう稚冬くんに会えなくなる。

怖くてたまらない。稚冬くんに会えなくなるくらいなら、何度振られても、たとえ報われなくても一緒にいられる方が百倍ましだ。

「茉白ちゃんはさ」

私の方を見向きもせず、けれど降りろと急かさないでくれた稚冬くんが呟いた。

「素直すぎるし優しすぎるし純粋すぎるんだよ。自覚ないのがちょっと危うい。友達の送迎とかももうやめろ。甘えられてんの通り越して完全に舐《な》められてんだよ。もっと自分勝手でわがままになれ」

危ういって、一日に二回も言われると思わなかった。

「……そうかな」

「そうだよ。男ができても同じだからな。あんま甘やかしたり言いなりになったりするなよ。男が図に乗る。逆に男を翻弄《ほんろう》できるくらいずる賢くなれ。なんのためのその顔だよ」

だからどの顔だよって言い返す気力はなかった。

本当に私の顔が可愛いのだとしても、全然なんにも嬉しくない。

稚冬くんに、好きになってもらえないんだから。

「あとさ、処女って嘘でもいいから否定しろ。処女奪いてえとかほざくクズも腐るほどいるから。男からしてみれば茉白ちゃんくらい可愛い子とヤれるならただのラッキーなんだよ」

こっぴどく振った相手に可愛いとか言わないでほしい。

いっそのこと、稚冬くんもラッキーって思うクズだったらよかったのに。

だけどそんな人じゃないからこそ、私は稚冬くんをこんなにも好きになった。

「今日は送ってかないから。まだ地下鉄あるしひとりで帰れるだろ」

「……うん」

「もう遅いし、歩いて帰るとか馬鹿なことすんなよ。ちゃんと地下鉄乗って、降りてからもなるべく明るくて人通りが多い道選びながら家まで帰れ」

やっぱり優しいじゃん……。

小さく頷いて、今度こそ自分の荷物を両手に抱える。稚冬くんは身動きひとつせずに窓の外を見ていた。

突き上げてくる嗚咽《おえつ》を悟られないよう、私を見ていない稚冬くんから顔を背けた。

「じゃあ……帰るね」

こんなにも声が震えていたら、お互いそっぽを向いている意味がない。

ああ、だめだなあ。失恋ってこんなにきついんだなあ。

できることなら経験したくなかったなあ。

だけど、稚冬くんに出会えなかったのはもっと嫌だなあ……。

泣いてすがりたかった。同情でもなんでもいいから彼女にしてほしかった。私を好きじゃない稚冬くんに抱かれることとドブに捨てることは、私の中では全然同じじゃなかった。稚冬くんが引き留めてくれることを、最後まで祈っていた。

だけど、それでも。

私は、自分の恋をちゃんと自分で終わらせる。

かっこいい女になりたいわけじゃない。なれるものならなりたいけれど、私にはとてもなれそうにない。だって私、今ものすごくかっこ悪い。

ただ、稚冬くんがくれた最後の優しさを跳ね返したくなかった。

ぎりぎり稚冬くんが優しさをくれる関係のまま、この恋を終わらせたかった。

「私、稚冬くんと出会えてよかった。……ばいばい、稚冬くん」

稚冬くんの車を降りて、一度も振り返らずにひたすら歩いた。やがて外灯が増え、駅に近づくにつれて賑やかな声が聞こえてくると、反射的に足が止まった。こんな涙でぐちゃぐちゃの顔では人通りが多い道なんて歩けない。

バッグからスマホを取り出す。メッセージの履歴をたどって静の名前を見つけた私は、受話器のマークに親指をのばした。

さっきは既婚者である静を頻繁に呼び出せないと自制できていたのに、今はもう無理だ。こんなのとてもひとりじゃ耐えられない。

——連絡くれればいつでも駆けつける。

履歴から迷わず静を選んだ理由は、その言葉だけではなかった。

ほら、私はそんなにいい子じゃない。

澄架に話せば、だから言ったじゃんと呆れられる。きっと稚冬くんのことを悪く言われる。それが嫌なのだ。だから、ただ私の話を受け止めて、誰のことも悪く言わずに慰めてくれるだろう静を選ぼうとしている。

受話器のマークをタップする寸前でスマホの画面が切り替わり、たった今スルーした澄架の名前が表示された。無視するわけにもいかず、呼吸を整えてから通話をタップした。

「……もしもし」

『もしもーし。茉白、今どこ？』

「中島公園らへんだよ」

『ちょうどよかったー。あたし今バイト終わって、なんかこれから飲みたいなーと思ってさ。茉白、付き合ってよ』

「あ……うん。いいけど」

私が何気に避けていたことに気づいていないのか、それとも気にしていないのか、澄架の声はいつもの調子だった。どちらにしろ、澄架は悪気があったわけじゃないのだ。結季さんはお節介だと言っていたけれど、澄架なりに私のことを思って言ってくれただけ。

そんなことわかっていたはずなのに。結婚式で澄架が静の陰口を言ったときはあんなに嫌だったのに。

私は、自分にとって都合の悪いことを言いそうだからと澄架を避けた。稚冬くんのことを悪く言われたくないあまり、長年付き合ってきた澄架を悪者にして、一度しか会ったことがないアオイくんの味方についた。そのくせ、今でもわだかまりがあるのに表面上は普通に接しようとしている。

私は、あの日の澄架よりもずっと最低だ。

「ごめん、澄架」

「へ？」

「私、澄架のこと避けてた」

　電話の向こうで澄架が息を呑んだ。

『なん……で……？』

「それは……会ったら話す。ちゃんと会って謝りたいから」

『え……ごめん……どうしよ……』

　なぜか澄架に謝られて、思わず「私が謝るんだってば」と笑ってしまった。

「謝るなら、私じゃなくて静に謝ってほしい」

『へ？　……静？』

「静も誘うから、もし来れたら結婚式のときのこと謝ってほしいの。静、聞こえてたみたいだから」

　これは私のエゴだ。

　静に謝れなんて、私が偉そうに言える立場じゃない。それに静はそんなこと望んでいないかもしれない。だけど、前みたいにまたみんなで笑い合いたい。一緒に過ごしてきた八年もの月日が嘘だったと思いたくない。

　今はただすれ違ってしまっただけで、これからも友達でいられると信じたいのだ。

『嘘でしょ!?　え待って無理……聞こえてたとか洒落になんない……てかそもそも結婚式であんなこと言うとかあたしほんと最低だよね……まじで人間のクズ……静に会ったら土下座したい……むしろ死にたい……』

「そこまではしなくていいと思うけど。澄架、覚えてるの？」

『うん、なんとなく？　うっすら？　内容まではっきり覚えてないけど、ボロクソ静の悪口言って帰りの車でも茉白に偉そうにごちゃごちゃ言ったことも……あとから記憶がじわじわ……え、てか茉白があたしのこと避けてた原因ってそれ!?』

「えっと……とにかく、会ったら話すよ」

合っているような合っていないような微妙なところで反応に困るから、とりあえずはぐらかしておく。それに、ちゃんと面と向かって謝りたいというのが本心だ。

「あと私、今日は車じゃないから帰り送ってあげられないよ」

『なに言ってんの!?　いいに決まってるじゃん！　いや、そっか、そうだよね……いつも茉白にばっかり甘えちゃってほんとごめん！　今日は今まであたしたちのために我慢してた分も飲んで！』

「そんなに飲んだら死んじゃうよ。でも」

――もっと自分勝手でわがままになれ。

稚冬くん、やっぱり私のこと買いかぶりすぎだと思うよ。

私、ちゃんと自分勝手だよ。自分の意思で車を出していたはずなのに、なんで私ばっかりって、何度も思ったことあるよ。ただ口に出さないだけで、ちゃんとわがままなんだよ。

「帰れなくなるのは私も嫌だから、これからも車で行くと思うけど。たまには澄架たちが車出してね」

待ち合わせ場所を決めて電話を切る。そして今度こそ静に電話をかけた。あっさりオッケーしてくれた静は『なにそれ、謝罪会？　私は謝らなくていいんだよね？』と笑っていた。

今まで我慢してきた分を取り戻すのは到底無理だけれど、今日はなにも気にせず好きなだけ飲もう。泣きたくなったら思いきり泣こう。みんなに甘えて思いきり慰めてもらおう。無神経なことを言われたら怒ってしまおう。明日は大学もバイトも休みだから、パンパンに腫《は》れた顔で一日中引きこもろう。

気が済むまで落ち込んだら、また前を向こう。

失恋って、辛いだけだと思っていた。辛いけれど、それだけじゃない。ほんの少し勇気を出せば、どんなに小さくても一歩踏み出せば、ひとりじゃないのだと改めて実感できる。ちゃんと笑える。

私は、大丈夫だ。

「あ」

失恋したことを報告する相手がもうひとりいた。相談を聞いてもらって泥酔して愚痴をこぼしてしまったのだから、ちゃんと報告しなければいけない。

それに、伝えたいこともある。

――初恋なんかそこまで特別なもんでも記憶に残るもんでもないと思うけどね。

私にとっては特別でしたよ。きっと、記憶にも残ると思います。

――一生忘れられないって今は思っちゃうかもしれないけど、いつか忘れるんだよ。少なくとも記憶は薄れていくし、どんどん上書きされる。

薄れていくかもしれないし、上書きされていくかもしれない。それでも、きっと大切な思い出として残り続けると思うんです。たまに思い出しては浸っちゃうと思うんです。

だって私、稚冬くんとのこと忘れたくないから。

――好きになってよかったって思える恋、かあ。

――わたしからしたらおとぎ話みたいな話だけど、そういう恋も一生に一度くらいはあるのかもね。

ありますよ。ちゃんとあります。

だって私、嘘偽りなく、心の底から思えるんです。

あのね、稚冬くん。
私、稚冬くんを好きになってよかった。

こんな夜があってもいい

どうか夢であってほしかった。

仕事の繁忙期がやっと落ち着いて数か月ぶりに定時上がりした日、俺は自宅に向かわず彼女のアパートにサプライズ訪問した。

すると、彼女が男を連れ込んで真っ最中の現場を目撃してしまったのだ。

こんなの現実にあるとは思わなかった。あったとしても、まさか自分が経験するとは思わなかった。四半世紀生きてきた中で衝撃ランキング堂々の一位だ。

「え……葵《あおい》？　なんで!?」

たった今まで快楽に溺れていた彼女が、棒立ちしている俺に気づいて動きを止めた。寝そべっていた見知らぬ男も上半身を起こす。

なんでってなんだ。こっちが訊きたい。

「違うから！　これはその……とにかく違うから！」

たぶんなんにも違わない。こいつらがしていたのは正真正銘セックスで、紛うことなき浮気だ。これで浮気していない、ちょっとベッドの中でお話してただけだからとか言われてもさすがに信じられない。

いや待て、浮気じゃなくその男が本命だって可能性もあるのか？

頭はやけに冷静だった。怒りさえも湧いてこない。むしろ体の中からありとあらゆるものが静かにこぼれていく感覚を覚えた。彼女に詰め寄る気力も、男に殴りかかる体力もない。

「とりあえず、君ら離れようか」

男はすでに萎《な》えているだろうが、ふたりは俺が最初に見た体勢（というか体位）のままだった。はっとして彼女が男から下りる。離れろと言ったのは俺だが、その拍子にいろいろと見たくないものがあらわになってなおさら白けた。

「で、次ね。おまえ」

顔を真っ青にしている男が自分を指さす。

「そう、おまえ。服着て帰ろうか」

「あ……はい。あの……すみません」

男はおどおどしながらベッドの下に投げ捨ててあった服を拾う。が、慌てているせいでパンツすらスムーズに穿けない始末だ。生まれたての小鹿の方がまだましなくらいに足元をふらつかせながらなんとか服を着た男は「まじで、ほんと、すみません。すみません！」と叫びながら出ていった。デニム後ろ前になってんぞ、とはあえて言わないでおいた。

ひとまず、誰だてめえ！　こいつは俺の女なんだよ！とか食いかかってこないあたり、彼氏は俺で、男は単なる浮気相手ということでいいのだろう。

彼女は未だベッドの上で裸のまま呆然とへたり込んでいた。男が取り乱しているうちに自分も服を着ればよかったものを。

「訊かなくてもわかるんだけど、一応訊いとく。これどういうこと？」

「ち……違うの！」

「うん、だからなにが？」

「あいつはただの大学の後輩で、今日はその、流れでこうなっただけで！　あいつのことなんか全然好きじゃないから！」

俺が知りたいのはそういうことじゃないのだが、じゃあなにを知りたいのかと言われたら自分でもよくわからない。なにも知りたくない気もした。

「あたしが好きなのは葵だけだから！　お願い、信じて……！」

弁解するところが違うだろ。てかまず謝れ。

ごめんのひと言もなく、彼女は全裸でうずくまりながら言い訳だけを繰り返す。何度も何度も同じ台詞を一方的に投げつけてくる。

あいつのことはなんとも思ってない。あたしには葵だけ。

つまりこの女は、ただの浮気なら俺が許すと思っているのだ。

謝ることすら忘れている女を見ながら、こいつクソだなーと思っていた。それでもなお、不思議と怒りは湧いてこない。ということは、俺は彼女と別れる気はないのだろうか。それはつまり、彼女を許そうとしているのだろうか。

だったら、まあ。

「そっか。わかった。とりあえず服着れば?」

今回のことは水に流して、これからもカップルとしてやっていけばいい。

*

「意味わかんないんだけど。なんで松田《まつだ》が振られんの? 浮気したの彼女でしょ?」

彼女の浮気現場を目撃するという悲劇から三か月。俺は大通の居酒屋で女友達三人に囲まれていた。というか詰められていた。

仕事を終えた夜、寒さが和らぎずいぶんと心地よくなった初夏の風に吹かれながら街をぶらついていると、偶然高校時代の女友達三人に会った。高校時代のツレとは定期的に集まっているので、再会を喜ぶわけでも懐かしむわけでもなんでもない。こいつらも『え、松田じゃん久しぶり』くらいの反応だったし、俺も俺で『おー久しぶり』と片手を上げただけだ。そして『これから飲み行くから松田も来れば?』とやや上から目線で誘いを受けた俺は、その先に待っている展開など考えもせずにまんまと合流してしまったのだった。

高校時代のツレとはつい二か月前に集まったばかりで、そのときに酔っぱらって彼女の浮気事件をネタにして喋り尽くしていたのだから、次に会えば後日談を問い詰められるだろうことにまで頭が回っていなかった。

「……から」

「声ちっさ」

「もっかい」

テーブルを挟んで正面に座っている女たちが、取調中の刑事さながらに詰めてくる。

こういうときの女の圧はすさまじい。

「……浮気したから」

「は？　だから彼女に浮気されたんでしょ？」

「……俺が、しました」

こんな完璧な絶句は初めて見た。てかこいつら黙れるんだな。

「ちょ、ちょっと待って。一旦整理させて。彼女に浮気されたけど、謝られて許したって言ってたよね？」

謝られてはねえけどな。

「はい。だから、そのあとに。一か月くらい前です」

「で、それがばれて振られたってこと？」

「仰る通りです」

女たちは眉根を寄せながら視線を宙に泳がせる。今のうちにどうにかうまく逃げられないかと脳内シミュレーションを試みたが、

「なにそれ、やり返したってこと？　許すって言ったくせに？」

俺の頭の回転よりこいつらが現実に戻ってくる方が早かった。

「そうです」

「うわー情けな……やり返すとか引くわー……」

「最低なんだけど。クズ。もう死んじゃえよ松田」

怖いって。つか口悪すぎるって。

三十分前の俺に言いたい。

逃げろ。誘われても断れ。わかってる、なんとなく今日はひとりでいるのが寂しかったんだよな。誰か誘おうかなって考えてたときにこいつらと出くわしちゃったんだよな。だとしても、おまえには友達がたくさんいるはずだ。適当にあしらって他をあたれ。

十分前の俺に言いたい。

彼女とどうなったのか訊かれても答えるな。うまくごまかせ。重要なところは濁せ。なんでもかんでも白状するな馬鹿野郎。

高校生の頃の俺に言いたい。

カースト最上位のギャル軍団と必要以上にツルむな。普段は楽しいけど敵に回すとこえーぞ。いくら歳食って昔よりは落ち着いたように見えても、一瞬であの頃に戻るぞ。

「一旦落ち着こうか。向こうが先に浮気したんだけど」

「だからって普通やり返す？　しかも一回許したあとに。女々《めめ》しくね？　結局許せなかったんだとしても、男なら潔く去れよ」

なんで俺が責められんの？

別に最初からやり返すつもりだったわけではない。ただちょっとヤケ酒した日にまんまと泥酔して、いい雰囲気になった子と流れでそうなっただけだ。理性と本能の狭間で葛藤していたとき、朦朧としている意識の中で彼女の台詞を思い出したのだ。

——あいつのことはなんとも思ってない。あたしには葵だけ。

単なる浮気ならいいんだろって、思っただけだ。

「ちょっとくらい味方してくれてもよくね？　おまえら俺の友達だよな？」

「友達だからって全面的に味方するとかないし、むしろ友達だからこそちゃんと言ってんの。甘やかすだけが友情じゃないから」

「そもそも、彼女に浮気されたーとかネタにしてた時点でうちらちょっと引いてたからね。全裸がどうとか面白おかしくベラベラベラベラ。そういうの言いふらすなよ。

男だろ」

浮気されたっつったらおまえらが根掘り葉掘り訊いてきたから洗いざらい白状しただけだろうが。しかも爆笑してたじゃねえか。

「そもそも彼女が浮気したのあんたが原因なんじゃないの？」

正面に座っている女が、俺をひと通り罵倒《ばとう》してすっきりしたのか今度は説教モードに突入した。

「は？　なんだよそれ」

「ちゃんと彼女のこと大事にしてたのかって言ってんの。女はさ、よっぽどの理由がなきゃ浮気なんかしないから」

んなこたねえだろ。ただ男とヤりたいってだけの奴くらいいるだろ。

「松田の仕事って馬鹿忙しいじゃん。ただでさえ社畜なのに繁忙期とか馬車馬じゃん。彼女とだってまともに会えてなかったんじゃないの？」

あれ、やべえ、どうしよ。ちょっとイライラしてきた。つーかなんで浮気したくせに自分のこと棚に上げてキレてきた元カノにはキレねえんだよ。

落ち着け俺。おまえはもう大人だ。耐え抜け。無になれ。

「うちらが言いたいのはさ、彼女は松田が忙しいのわかってるからずっと寂しいって言えなくて我慢してたけど、もう限界だったから他の男に逃げたくなっちゃったんじゃないのってことだよ」

それ高校んときの自分に対する擁護だろ。彼氏とうまくいってなくて他に好きな人できちゃって、彼氏に別れようって言えないままその人としちゃった――とか泣きながら言ってたよなおまえ。てかなんでギャルは普段強気なくせに色恋が絡むとか弱いぶるんだよ。

ああくそ、イライラがピークに達してきた。

いつの間にか膝の上で握りしめていた拳が震えだす。

だめだ。もう限界だ。適当に理由つけて帰ろう。

「ていうか、葵らしくないよ」

どんどん熱を増していく中で氷みたいな声を落としたのは、俺の隣に座っているセイナだった。セイナはこいつらを含むギャル軍団に比べればずいぶんおとなしいのだが、俺は妙に馬が合い、知り合ってから一番よくツルんでいる女友達だ。とはいえ今の今までずっと黙っていたから、セイナがいることを忘れかけていた。

「どういう意味だよ。俺らしくないって」

声が刺々《とげとげ》しくなったことを自覚する。抑えきれなくなりつつある苛立《いらだ》ちを剥き出しにして、隣にいるセイナを見据えた。

「葵の気持ちはわかるよ。浮気されただけでもショックなのに、現場見ちゃったんだもん。辛かったと思う。だけど、やり返すなんて葵らしくない。そんなのいつもの葵じゃないよ」

なんだそれ。らしくないってなんだよ。俺らしいってなんだよ。

彼女に浮気されてもへらへら笑って、俺も悪かったよごめんとか思ってもないこと言って、彼女に触られるだけであの光景を思い出して吐き気がするのに、それをおくびにも出さないで平然とヤるのが俺らしいとでも言いたいのかよ。

なんだよこいつら。なんなんだよ。

やめろ、だめだ、これを言ってしまえば、なんかよくわかんねえけどたぶんいろいろ終わる。いろんなものを失う。

「セイナの言う通りだよ。てかなんで男ってそうなの？　ちょっとくらいクズでも笑って許してもらえるみたいに思ってんの？　そんなわけないから。クズはクズだから。甘えんな」

いやもう無理だろ。

「女だってことに甘えてんのはおまえらだろ」

「は？」

「全部男のせいにして被害者面してえだけだろっつってんだよ」

とりあえず長年ツルんできた女友達三人を失った俺は、再び夜の街をふらふらと歩いていた。夜風にあたっても苛立ちは収まらない。

「あー。ついてねえなーまじで」

考えてみれば、俺は昔からどうにも間が悪かった。

小学校のとき、クラスの奴らと悪戯をしたらだいたい俺が真っ先に見つかって怒られた。中学生のとき、好きだった子に告ったら『ごめん、あたしも葵のこと気になってたんだけど、昨日部活の子に告られてOKしちゃった……』と振られた。高校のときは絶対両想いだと思ってた子に『いや、あの……ごめん。友達としてしか見れない。てかうちら完全に友達だったよね？　あたしそういうオーラ出してなかったよね？』と引かれた。俺のこと好きオーラしか見えてなかったのに。

なんで俺はこんな人生なんだろう。

外見は悪くないと思う。イケメンと言われたことも……まあゼロではないし、少なくとも最低ラインはクリアしているはずだ。身長一七五センチ（正しくは一七四・六センチ）、細身だが筋肉質で、昔からスポーツは得意だった。今はそこそこ大手の建材メーカーの営業職として収入も安定している。ややブラック気味なことが玉に瑕《きず》だが、我ながらなかなかの優良物件ではないだろうか。

というふうに評価しているのは俺だけのようで、好きな子ができたとて見向きもされず、まれに付き合えてもすぐに振られ、失恋した回数は数知れない。そんな俺に幸せをもたらしてくれたのが他でもない元カノだったのに、まさか人生最大の不幸までもたらしてくれるとは思いもしなかった。

元カノとのことを語るには、一年前の失恋話から始めなければいけない。

うちの会社は、年末頃になると最大の繁忙期に備えて派遣社員を雇う。営業部は基本的に男ばかりなのだが、一昨年は珍しくひとりだけ女性が派遣された。俺はその女性にひと目惚れしたのだ。

やんわりとあしらわれながらもアプローチを続けた結果サシ飲みまでこぎつけたのだが、わかったのは彼女も今まで俺が出会ってきた女子と同様まるで俺に興味がないことだった。なんのアクションも起こせないまま年度末に派遣期間を満了した彼女は、あっさりと会社を去っていった。涙を呑んで彼女の退職を見届けたのだが、のちに俺が一番世話になっている先輩と付き合い始めたことを知ったのだった。

元カノと知り合ったのは、俺がそんなしょうもない失恋をいつまでもずるずる引きずっていた頃だった。友達が俺を慰めるために連れていってくれたガールズバーで、真っ先に可愛いと目を奪われたのが元カノだったのだ。

五歳下の元カノは大学生で、友達と一緒にノリでガールズバーのバイトを始めたのだという。その日に連絡先を交換し、会いたいという欲求の赴くままにバイト先に通い詰め、やがて店外で会うようになり、俺が意を決して告ると『あたしも葵くん大好き！』と最高の笑顔で応えてくれた。

正直ちょっと泣きそうになったくらい嬉しかった。

絶対に大切にすると心に誓った。

だからたまの休みにはあいつを最優先したし、会いたいと言われればどんなに疲れていても、たとえ深夜でも会いに行った。どうしても会えない日は寝落ち電話に付き合った。自分もガールズバーのバイトは辞められないし、葵も女友達と遊ぶのはいいけど彼女がいる証はつけてほしいと言うから、理解が深い彼女でよかったと涙ぐみながらティファニーのペアリング（付き合った日付と互いの名前入り）を買った。

俺なりに大切にしていたつもりだった。

なのに、なんでこんな仕打ちばっか受けなきゃならねえんだよ。


誰かに思いきり愚痴りたくなった俺は、行きつけの『喫茶こざくら』に寄ることにした。前に例の先輩を尾行して突き止めた店だ。

行きつけの店があると前々から聞いていたのだが、店名や場所を訊いても断固として教えてくれず、ある日どうしても気になって会社帰りに尾行したらそこにたどり着いたのだ。一発ぶん殴られたが、いつも殴られているのでさほど気にならない。

その日は全力で嫌がる先輩と酒を酌み交わし、なんとなく居心地がいいこの店を気に入った俺は、それからたまにひとりで寄るようになった。

ドアを開けると、

「結季ちゃんごめん……俺一時間くらい二階行っててもいい……？」

「推し活か？　推しがテレビ出んのか？」

「えっ……ち、違う！」

「じゃあインスタか？　推しがインスタライブすんのか？」

「！」

「だめって言ったら我慢できんのか？　おまえの推しに対する愛はその程度なのか？推すなら全力で推せよ！　店なんかわたしひとりで回せるから行ってこい！　あとワンコのご飯よろしく」

「俺……結季ちゃんと結婚してよかった！」

マスターがワンコを抱っこして階段を駆け上がっていく。その姿を誇らしげに見送った結季さんは、俺の気配を感じ取ったのかくるりと振り向いた。

「あ、葵くん久しぶりー」

「こんばんは。なんすか今の茶番」

「趣味みたいなもんだから気にしないで」

「なるほど」

ビールといくつかのつまみを注文して、奥のテーブル席に腰かける。ひとりで来るときはいつもカウンター席に座るが、今日は先客がいたのだ。女の子がひとりで飲んでいる。ここってひとりで来たくなるよね、わかるよ、と彼女の背中に念を送った。

「死相出てるよ」

しばらくして、注文の品をテーブルに並べながら結季さんが言った。

「結季さんって占いもできるんすか?」

「できないけど。占いもってなに?」

「いやなんか、人生のアドバイザーって感じじゃないですか」

「違うから。前にも恋愛アドバイザーがなんちゃらとか言われたことあるんだけど、全然嬉しくない」

「しょうがないっすよ。人生三周目みたいなオーラ出てるんで」

「一周目の半分も生きてませんけど」

じゃあ何歳なんすか? ……と言いかけてやめた。

結季さんは外見こそ二十代だが、やけに達観しているし（冷めているともいう）たまにちょっとおばさん臭いことを言ったりもするからいまいち歳が読めないのだ。二十九歳の先輩が敬語を使っているので三十代以上なのだろうと踏んでいるが、年齢不詳すぎると逆に突っ込みにくい。

ちゃっかり自分用のレモンサワーも持ってきた結季さんが俺の正面に座る。予想通りなので当然のように乾杯をした。結季さんがそうするのを見越して、結季さんが飲みながらでも店内の様子を見られるよう壁側の席を空けておいたのだ。

「彼女に振られたの？」

「さすが鋭いっすね」

「いやわかるから」

前回『喫茶こざくら』に来たとき、結季さんにも浮気されたくだりまでは話していた。

「なんで俺が振られたってわかるんですか？　浮気された側なのに。普通こっちが振ったと思うでしょ」

「なんだろ。雰囲気？　振られたオーラ出てる」

この人ガチで占いできるんじゃないだろうか。

できれば自分の口から言い訳も挟みつつ経緯を話したかったが、先読みされてしまったので観念する。

「浮気許すっつった二か月後に今度は俺が浮気して、彼女にばれて振られました。最初はほんとに許そうと思ったんですよ。許せると思ったんです。別にむかつきもしなかったし。けど、だんだん……思い出すたびに、……死にたくなってきて」

違う。俺は、あの現場を目撃した瞬間から死にたかった。

あの感覚は、怒りさえもすべてが抜け落ちてしまっただけだったのだ。

「さっき高校んときの女友達と飲んでたんすけど、ボロクソ言われました。やり返してんじゃねえよクズ、最低、死ねって」

思い出すと、店に入ってから落ち着いていた苛立ちが沸々とよみがえってくる。

グラスを握ったままひと口も飲んでいなかったビールを一気に飲んだ。さっきの居酒屋では感じなかった苦味が口に広がり、きつい炭酸が喉を刺激する。びりびりと、ばちばちと。

「つーかおかしくないっすか。先に浮気したのはカノ……や、元カノですよ。まずそこ責めるべきですよね？　なんで俺ばっか責められるんすか？　なんで女って全力で女の味方したがるんすか？　つーかそもそも、なんかこの、女ならなんでも許されるみたいな雰囲気なんなんすかね」

酒が足りない。もっと飲みたい。溺れて全部忘れてしまいたい。

残りのビールを一気に飲み干し、口元を手で拭う。

「女が男と簡単にヤれれば、寂しい思いを抱えてるだとか満たされたいだとかわけわかんねえ理由で正当化されて、男だったらチャラ男呼ばわり。クズ男にハマって痛い目見れば傷ついた女の子、男がクソビッチにハマれば馬鹿扱い。浮気だってそうじゃないすか。女がすれば同情の余地あり、男がすれば即クズ認定。ふざけんな。女ばっか傷ついてると思ってんじゃねえよ」

炭酸の刺激が逆流する。鼻に、目に、痛みが走る。

「男だって……ズタボロに傷ついてんだよ」

彼女に振られれば泣きたくなるし、――浮気現場を目の当たりにした日には死にたくなるのだ。

「すいません。なんかすげえ愚痴っちゃって。しかも女がどうのって、どう考えても女の人に言う愚痴じゃないっすよね」

「いいよ別に。葵くんの言い分もわかるし、実際にわたしは女に生まれて得したことたくさんあったから。もしかしたら、自分が思ってる以上に。もちろん損したこともあるけど、回数なんか数えてないからどっちが多かったかはわかんない。まあ、どっちもどっちなんだろうね」

勢い任せに吐き出した不満を、怒りを、痛みを、結季さんはなんてことなさそうに受け止めていた。

「あと、前にお客さんが言ってたよ。自分を傷つけた相手くらい傷つけてもいいと思うって。わたしも同じ意見。もちろん正しくはないけど、そんなに悪いことだとも思わない。度合いにもよるけどね」

淡々とした口調で言いながら、結季さんはレモンサワーをごくごく飲んで俺が注文したつまみをばくばく食べる。

「まともな人はあとあと虚しくなったり後悔したりするのかな。わかんないけど、わたしは別にそんなことなかった。むしろ全然すっきりしたし。いいじゃん別に、正しいことだけを選ぼうとしなくたって」

結季さんのグラスが空になる。すると俺の分のグラスも持って席を立ち、厨房に向かった。

いきなり手持無沙汰になり、なんとなく伸びをしながら天井を見上げた。店内は今日もｂｌａｃｋ ｎｕｍｂｅｒの曲が流れている。

ｂｌａｃｋ ｎｕｍｂｅｒは好きだしけっこう知っているつもりだったが、今かかっている曲は聞いたことがなかった。サウンドや歌声からして最近のものではないように思える。

耳を澄ましてみると、別れた彼女をめちゃくちゃ引きずっている男の歌らしい。元カノを想起させる場所やものから必死に逃げ、それでもちょっとしたことで思い出してしまう矛盾に嘆き、サビはやや言い訳をしながら相手を責め、そして後悔していた。

まるで、今の俺みたいだった。

「松田くんって、二十代半ばくらいだっけ」

俺のビールのおかわりと自分用のレモンサワー、そして追加の料理をトレーに載せて結季さんが戻ってきた。

「二十五です」

「細かいな」

「すみません……」

今のは俺が悪かったのだろうか。

「それくらいの歳になるとさ、一回の失恋で絶望するほどもうヤワじゃないよね。辛いのは今だけで、そのうち〝大丈夫〟になる日が来ることをちゃんと知ってるから」

結季さんはたまに、こういう話をさらりと始める。下手に茶々を入れれば二度と続きを言ってくれなくなると学習しているので、黙ったまま二杯目のビールに口をつけた。

「だけど、その〝いつか〟までひとりで耐え続けられるほどタフでもない。普段は平気でも、ふとした瞬間に襲いかかってくる孤独には打ち勝てないときがある。だからいつか本当の〝大丈夫〟が来る日まで、ひたすらに強がりながら、たまにわざと間違えたりもしながら毎日を過ごすんだよ」

俺の味方をしてくれているのか、単に思ったことを口にしただけなのか。

ちょっと考えて、おそらく後者だろうと思った。それで充分だった。

俺は別に、全部を肯定してほしかったわけじゃない。

ただ、頭ごなしに否定しないでほしいだけだったんだ。

「まあ、わたしはだいたいのことはひとりで乗り越えられるけどね」

つえーな。

てか結季さんもう半分以上食ってんだけど、これ俺が払うの？

「ところで、カウンター席にちらちらこっち見ながら頭抱えてる子がいるんだけど知り合い？」

支払いについて突っ込むか悩みながら後ろを向いた。さっきは後ろ姿しか見えなかったが、確かにこっちを見ている。彼女はすぐに顔を背けたが、一瞬見えた顔には間違いなく見覚えがあった。

「ひより？」

名前を呼ぶと、肩を跳ねさせた彼女はおずおずとこっちを向いた。

結季さんは「あいついつまでインスタライブ見てやがんだ」と憤慨しながら二階へ上がっていったので（自分で背中押したくせに）、空いた椅子にひよりが座った。

ひよりは会社の同期だ。部署が違うから社内では関わりが薄いが、たまに同期会で顔を合わせれば話すこともある。とはいえ、こうして向かい合って話したことなど一度もない。

「全然ひよりだって気づかなかった。俺が来たときからいたよな？」

「私は松田くんが入ってきたときから気づいてたよ」

「だったら声かけてくれればよかったのに」

「ちょっと悩んだんだけど、会社の人と外で会って話しかけられたらめんどくさいかなって」

「そんなわけねえじゃん。むしろ嬉しいよ。俺らちゃんと話したことなかったし、親睦深めるチャンスっていうか」

「うん、松田くんはそういうタイプだよね。コミュ力モンスターの陽キャ代表って感じ」

「なんだよそれ。陽キャってすげえ言われるけど、よくわかんね」

「大して親しくもない異性を名前で呼ぶところがすでに陽キャなんだよ」

ひよりはくすくすと笑いながら、カシスオレンジに口をつけた。

「てか……あれだよな。俺が店入ったときからいたってことは……」

「ご、ごめん。全部聞こえてました……」

だろうな。

「浮気されたとかやり返したとか女がどうとか、普通に引いたよな。変な空気にしちゃってまじでごめん」

「全然引いてないよ。むしろこっちこそごめん。たぶんあんまり聞いちゃだめな話だなってわかってたんだけど、松田くんの言葉がグサグサ刺さりすぎて、動けなくなっちゃって」

「俺の？　なんで？」

「私、ずっと自分ばっかり傷ついてると思ってたから」

それは元彼のことが関係しているのだろうか。

ひよりは大学の頃からずっと付き合っている彼氏がいたが、ずいぶん前に別れたという噂を聞いたことがある。ひよりから直接聞いたわけではないし理由は知らない。

今までは気にならなかった。まあそういうこともあるだろう程度に思っていた。なのに今無性に知りたくなっているのは、俺自身が失恋したばかりだからに他ならないだろう。

目を伏せているひよりを見ながら、別れた理由について突っ込んでいいのか考える。

「そっか。……てかせっかく会ったんだし、このまま一緒に飲まない？」

俺たちはたまに飲み会で顔を合わせる程度の仲だ。その段階でいきなりディープな話を振るのはさすがに憚《はばか》られたので、今日はやめておくことにした。

視線を上げたひよりは「やっぱり陽キャじゃん」と微笑んだ。

＊

俺とひよりは、ただの同期から飲み仲間に昇格した。会社で顔を合わせれば雑談し、互いの予定が合えば飲みに行く。

『喫茶こざくら』で偶然会った日は会社や同期の連中について当たり障りない話をし、二回目は別の店で互いの過去の恋愛話を面白おかしく話し、三回目は俺の最新の失恋話をし、途中からはひよりも元彼との思い出なんかを語ってくれた。

そして今日が四回目のサシ飲みだ。どうせ休日出勤でほとんど潰れるだろうお盆休みの前日。ひよりが例の元彼と別れた理由を話してくれたのは、三軒目のバーに入ってしばらくした頃だった。

「レスだったの」

別れた理由はずっと気になっていたが、想像以上にディープなワードが出てきて一瞬怯んでしまう。

初めて訪れた、カウンター席しかないこぢんまりとしたバー。静かにジャズが流れる店内には俺たち以外に客はいない。人生五周目ですみたいなオーラを発している初老のマスターは、俺たちの邪魔をしないよう気配を殺しながら黙々とグラスを拭いている。

「同棲始めてしばらく経った頃からしてくれなくなっちゃって。私のことは好きだって言ってくれてたんだよ。結婚だって考えてくれてた。なのに……しない、ってだけで、寂しくてしょうがなくて、女として否定されてるみたいで、辛くて……」

ひよりはやや俯きながら、続きを口にすることをためらうようにごくりと喉を鳴らす。

「私のこと好きだって言ってくれてた男の子と浮気したの。一回だけじゃなくて、何か月もずっと。……それが彼氏にばれて、振られちゃった。俺も悪かったけど、どうしても許せない、って」

語尾は震えていた。

耳にかけていた長い髪がぱらぱらと落ちて、ひよりの顔を隠した。

「松田くんの言う通りだったよ。私、自分だけが傷ついてるって思ってた。彼だってきっと悩んでたはずなのに、自分が浮気したことすらも全部彼のせいにしてた。傷つけられてるんだから私も傷つけてやればいいって、それくらい許されるはずだって、どれだけ私が傷ついてるか思い知ればいいって、心のどこかで思ってた」

俺はいつの間にか、ひよりが膝の上で握りしめている手に自分の手を重ねていた。

ひよりの手は小刻みに震えていた。あるいは、俺の手が震えているのかもしれなかった。

「別れる前に、結季さんに言われてたの。レスが辛いから浮気に逃げるのはありだと思うけど、だからって自分が浮気した事実を相手のせいにするのは違う、私自身が他の男に抱かれることを選んだよって。全部中途半端にしてると全部失っちゃうよって。だけどあのときは……ううん、今でも、どうしたらよかったのか全然わからないんだよ……」

俺にはひよりの涙を止められない。止めてやりたいとも思わない。思う存分に泣けばいい。

どれだけ笑っても、泣いても、どうせ楽になんかならないのだから。

「私、おかしいのかな。もう別れてから二年も経つのに、他の人と付き合ったりもしたのに、未だに彼とのことばっかり思い出しちゃうの。どうしても、忘れられないの」

俺たちの間にあった空間が徐々に埋められていく。

芽生えた衝動を止める障壁は、ここにはない。

「アオトに会いたい——」

どちらからともなく、繋いでいた手を握りしめた。

強く、せめて今夜だけでも離れないくらいに、強く。

俺のアパートに入った途端、俺はひよりを抱きしめた。

ひよりが顔を上げる。赤く染まった目で俺を見つめる。

俺の腕の中で震える小さな肩を、潤んだ瞳を、確かに愛おしいと思った。

だけど、それでも。

俺の目に映っているのは、ひよりじゃない。

ひよりの目に映っているのは、きっと俺じゃない。

わかっていながら、ひよりを抱きしめる腕に力を込める。

衝動と欲求に身を任せ、唇を押しつけた。

こいつあんまり経験ないなってばれるんじゃないかとか、まさか童貞?って疑われるんじゃないかとか、下手って引かれないかとかびびることも忘れて、何度も角度を変えて、色気もクソもない歪な音を立てながら、無我夢中でキスをした。

そして、何度もあいつを抱いたベッドにひよりを押し倒した。


行為に集中したいのに、余計なことなど考えたくないのに、せめて今この瞬間だけでも全部忘れてしまいたいのに。

何重にもかけていた鍵が壊れたみたいに、限界まで溜まっていた膿が溢れ出てくる。

こんなの、生まれて初めてだった。

——彼女とだってまともに会えてなかったんじゃないの？

確かに、付き合い始めの頃に比べれば会う頻度は激減していた。だけどそれは俺の気持ちがどうという問題ではなく、不可抗力だ。

付き合って三か月が過ぎた頃、俺の会社は最大の繁忙期に突入し、今までみたいに会えなくなった。

会社帰りにご飯へ行こうと誘われても深夜まで残業だから行けなかったし、じゃあ残業が終わったら会いに来てと言われてもそんな体力は残っていなかった。それでも眠気と戦いながら寝落ち電話にはなんとか付き合ったが、結局俺が毎回先に寝落ちした。大学の友達と旅行する、みんな彼氏連れてくるから葵も来てほしいとお願いされても断らざるを得なかった。丸一日の休みさえ取れないのだから、旅行なんて行けるわけがない。

繁忙期が落ち着いたらいくらでも会いに行くし友達との旅行だって参加する。そう説得しても、あいつは『なんであたしばっかり我慢しなきゃいけないの？』とふてくされるばかりだった。

——彼女は松田が忙しいのわかってるからずっと寂しいって言えなくて我慢してたけど、もう限界だったから他の男に逃げたくなっちゃったんじゃないのってことだよ。

付き合ってから三か月も経たないうちにまともに会えなくなったのだから、寂しい思いをさせていることはわかっていた。だけど繁忙期のすさまじさはあいつにもちゃんと事前に説明していたし、俺だって会いたくてどうしようもなかった。

——葵、もうあたしのこと好きじゃないでしょ。前みたいに一生懸命になってくれてないじゃん。隠してるつもりでもそういうのってわかっちゃうんだよ。

あいつにそう言われたのは、浮気現場を目撃する一か月ほど前だった。

なぜそんなことを言われなければいけないのかわからなかった。俺はなにも隠してなどいないし、出会った日からずっと変わらずあいつが好きだったのに。

その日、俺は中学時代の友達の結婚式に参列していた。四次会まで続いた宴も深夜にお開きになり、極限まで積み重なっている疲労とアルコールのせいで朦朧とする意識と格闘しながら大雪の中あいつに会いに行ったのに、突然ブチギレられる理由に心当たりなどあるはずがない。

戸惑う俺に、あいつはさらなる怒りをぶつけた。

——あたしと会う時間は作れないのに友達の結婚式には行けて、しかも夜中まで飲む時間は作れるんだね。

なに言ってんだこいつ、と思わずにはいられなかった。

ただの飲み会に参加したわけではなく、十年以上もツルんでいる友達の結婚式だ。

招待状をもらってすぐこの日だけは絶対に出社できないと上司に伝え、その後どうにか出られないかと上司にしつこく交渉されても断固として拒み、他の社員たちに睨《にら》まれながらも決死の思いで獲得した休みだった。宴が終わるその瞬間まで祝福してなにが悪いというのか。

翌日だって早朝から休日出勤だった。今にも倒れそうな体に鞭打って、貴重な睡眠時間を削ってまで会いに来た事実なんか、あいつの中ではどうでもよかったのだ。

――そういうことじゃなくて。……あたしだってほんとはこんなこと言いたくないけどさ。実際、男の人の『忙しい』ってただの言い訳でしょ。本当に会いたかったら会いに来るんだよ。あたしそういうの気づかないほど馬鹿じゃないから。

どれだけ会いたくても、物理的に無理なときはある。

それに、俺が死ぬ気で仕事を頑張っていたのはあいつのためでもあった。

――あたし、大学卒業したら葵と結婚したい。

付き合い始めてすぐにあいつがそう言うから、俺だってあいつしかいないと思ったから、結婚式はあいつが満足できるくらい豪華で盛大にしてやりたかったから、結婚するなら楽させてやりたかったから、幸せにしてやりたかったから。

だから必死に働いて稼いでいたのに。

浮気なんかしてんじゃねえよクソ女――。

「なんか違うね」

唇を離すと、ひよりが吐息交じりに呟いた。

「こんなこと言っていいのかわかんないけど……たぶんだめだけど、思っちゃった。なんか違うなって。……彼じゃない、って」

俺も思っていた。なんか違う、あいつじゃない、と。

そんなの当たり前なのに。

「私たち、すごく間違ったよね」

「だな」

「こういうのも、あんまりよくないよね。同じ会社の社員同士で……」

慰め合い？　——と言いかけて、やめる。

「傷の舐め合い？」

「そう」

過去の恋愛を引きずっている男女が、一夜限りの、その場凌ぎのセックスをする。それは慰め合いなんて生ぬるい行為じゃなく、傷の舐め合いに他ならない。

そう、これは一夜限りだ。俺たちに〝これから〟はない。会社の同期から〝酔った勢いで一回ヤッた相手〟に変わるだけ。いい方向には進まないし、なにも始まりはしない。

やめるべきだ。今なら間に合う。

キスはなかったことにして、冷静さを取り戻しつつある頭をもっと冷やして、俺のアパートからひよりを帰す。

そうすれば、ぎりぎり何事もなかったことにできる。

「私、弱くてだめだね。ちゃんと自分の足で立とうって思ってたはずなのに、全然できてない。同じ痛みを抱えてる人を、それを共有できる人を、ずっと探してた気がする」

「そんなん、俺もだよ」

――せっかく会ったんだし、このまま一緒に飲まない？

あの日ひよりを誘ったのは、別に俺が陽キャだからとかいう話じゃない。ただ同じ〝失恋した者同士〟で話をしたかった。そうだよね、わかるよ、しんどいよね。そんなふうに共感し合いたかったんだ。

ひよりはあまりにも頼りない笑みを浮かべながら、自分たちに言い聞かせるよう、そしてまるでこの場にいない誰かに弁解するよう、自慰の台詞を口にした。

「だけど……辛くてどうしようもなくなっちゃったときくらい、誰にも内緒で、傷の舐め合いしたっていいよね。だって私たち、すごく間違えちゃったけど、大事な人を傷つけちゃったけど……それでも、必死だったよね。……私たちだって、傷ついてたよね」

「俺もそう思うよ。……それに」

――それくらいの歳になるとさ、一回の失恋で絶望するほどもうヤワじゃないよね。辛いのは今だけで、そのうち〝大丈夫〟になる日が来ることをちゃんと知ってるから。

――だけど、その〝いつか〟までひとりで耐え続けられるほどタフでもない。普段は平気でも、ふとした瞬間に襲いかかってくる孤独には打ち勝てないときがある。だからいつか本当の〝大丈夫〟が来る日まで、ひたすらに強がりながら、たまにわざと間違えたりもしながら毎日を過ごすんだよ。

だめです、結季さん。あんなちょっとポエミーなことさらっと言えません。俺にはとても無理です。てかたぶん俺が言ったらちょっと痛い奴です。

だけど、無理にでもなんかそれっぽいこと言わなきゃこの状況もこれからすることも取り繕えないんで、ちょっとだけ言葉借ります。

「いいじゃん、別に。だってさ、正しくはないかもしんないけど……そんなに悪いことでもねえじゃん」

俺はひよりにあいつの姿を。そしてひよりは俺に元彼の姿を。

互いが互いじゃない誰かの姿を投影しながら、強く求め合いながら。

無我夢中で、愛なんか微塵もない、形だけのセックスをした。

舐め合い、なんて言ったせいだろうか。この行為を取り繕うなんて、どんなにそれっぽい理由をつけても不可能だったのだろうか。

しっかり縫ったはずの、やっと治癒してきたはずの傷口が、一気に開いてしまった。

——別に、浮気し返されたのが許せないわけじゃないんだよ。

自分が先に裏切ったくせに、俺の浮気を散々責めた女が言った。

——葵ってそういうことする人だったんだって幻滅したのが一番大きい。それに、許せないなら許せないって最初に言ってほしかった。

許してくれと泣きながら懇願していた女が偉そうに言った。

——こうなっちゃったからもう全部言うけど。付き合ってからずっと、イメージと全然違うなって思ってた。もっと明るくて楽しい人だと思ってたのに、家にいるときけっこう暗いしぼーっとしてるし。一緒にいても楽しくないときいっぱいあったよ。

知らねえよ。

当たり前だろ。年中無休で元気大放出できるかよ。家にいるときくらいオフにならせてくれよ。

——休みの日もだらだらしてばっかりだし、出かけても疲れた顔してること多いし。

あたしはもっといろんなとこ出かけたかったのに、そんな顔ばっかりされたら気遣うし言いにくくなるじゃん。しかもみんなといるときは明るいのにあたしといるときは腑抜けてるっていうか、扱い雑っていうか、まだ半年くらいしか付き合ってないのにマンネリ気味だったじゃん。前にも言ったけど、あーあたしのことなんかもうどうでもいいんだなーって思うよ普通。

うるせえよ。

こっちはたまに時給高いバイトするだけの気楽な大学生とはちげえんだよ。営業で歩き回って、神経すり減らして必死こいて取引先の機嫌取ってんだよ。休みの日に休まなくていつ休めっつーんだよ。過労で殺す気かよ。

——寝落ち電話だって、葵すぐに寝ちゃうし。話しかけても返ってこなくなったとき、あたしがどれだけ寂しかったかわかる？

知らねえよ。

寝落ち電話で寝落ちしてなにが悪いんだよ。朝から晩まで働き詰めで、夜中にやっと家帰ってベッドに倒れ込んで、——おまえの声聞いてほっとして。そんなんで寝るなって方が無理だろ。

——先に浮気したのはあたしだから、それは言い訳しないよ。葵だけを責めるわけじゃないけど、なんであたしがそうしちゃったのか、ちょっとは考えてほしかった。

馬鹿かこいつ。

それが言い訳だろうが。俺ばっか好き放題に責めてんだろうが。

——葵らしくないよ。

知らねえって。うるせえって。

あぁくそ、むかつく。なんなんだよ。全員うるせえんだよ。黙ってろよ。これが俺だよ。

わかってるよ。認めるよ。つーか言われるまでもなく自覚してたよ。

やり返すなんて間違っている。俺はクズ野郎だ。

だけど、どうしても耐えられなかったんだよ。

毎日必死こいて働いてたときに浮気されて、メンタルなんか修復できないくらいズタボロだった。仕事中、ふとした瞬間に今にもまた浮気されてるんじゃないかって不安がよぎるようになった。そのたびに目に映るものすべてをぶち壊したくなる衝動に駆られた。あいつのことなんか微塵も信用できなくなった。

だからやり返しでもすれば少しは楽になれて、あいつを許せて、またやり直せるのかもしれないと思ったんだ。だって、別れることだけは考えられなかったから。

本気で好きだったんだ。

あのわがままで自分勝手なクソ女が。

隣で寝息を立てているひよりの髪をそっと撫でる。

ひよりの寝顔は、あいつとは似ても似つかなかった。寝顔だけじゃなく、抱いている最中だって。

当たり前だ。ひよりはあいつじゃない。そんなことを今さら痛感する。途端に、心のどこかに引っかかりを感じた。これは俗にいう虚しさなのだろうか。あるいは後悔か、罪悪感か。浮気したわけでもなんでもないのに。

これからどうなるのかはわからない。いずれ明確な虚しさや後悔に蝕まれるかもしれないし、平然としていられるのかもしれない。今後ひよりと気まずくなるかもしれないし、何事もなかったみたいに接するのかもしれない。二度とふたりで飲むことはないかもしれないし、――また同じような夜を過ごすのかもしれない。

今はまだなにもわからない。

ただ、今の俺たちにはこんな夜が必要だったんだ。

あんたなんか大嫌い

二十代の全男女に問いたい。

Q・長年友達だった異性をある日突然好きになったことはありますか?

「星奈《せいな》、もうすぐ誕生日じゃね?」

高校時代の同級生との定例会。二軒目の居酒屋で、私の斜向かいに座っているそいつが言った。

「そう、だけど」

「今年も飲み会すんの?」

「うん、まあ」

破裂しそうなくらい脈打っている胸に手を添えながら、できる限り平静を装って答える。

「え、なに、来たいの?」

「だめだめ。無理。誕生日だけは女子会だから。男子禁制だから」

「毎回そうなんだからわかってんでしょ。構ってほしいのかよ」

誘ってくれる——?という私の期待を、女子軍が口々に容赦なくぶち壊す。

「そうだよ。誕生日は女子会って決まってんの」

ごめんちょっとお願いだから今は口出さないで、という心の声とは真逆のことを口にすると、女子から総突っ込みを受けたそいつは「いや別に確認しただけだし」と興味を失ったみたいにそっぽを向いて、さっさと男子の話に交ざってしまった。

馬鹿！　私の馬鹿！　もしかしてお祝いしてくれるの？とか冗談でもいいから言えよ！

だけどみんなが言う通り、誕生日パーティーは女子会だと昔から決まっているのだ。今さらそいつを誘いたいなんて――できれば女子会は中止してそいつに祝ってもらいたいなんて口が裂けても言えない。彼氏がいようが結婚しようが、この決まり事だけは覆されなかったのだから。

私は友達に恵まれていると思う。

高校時代、私たちのクラスは特別仲がよかった。学校祭は文句なしに楽しかったし、体育祭では一致団結したおかげで優勝したこともある。高校を卒業してから七年が経った今でも、誰かが声をかければ今日みたいに十人以上は集まる。仕事は大変なこともあるけれど、しんどいときは連絡をすればすぐに駆けつけてくれる友達のおかげでなんとか踏ん張れている。

そんな私のただひとつの悩みは――。


居酒屋を出た私たちはカラオケでオールして、始発が出る頃に解散した。といっても私とそいつ——葵のアパートはすすきのから歩いて帰れる距離だから、地下鉄には乗らずふたり並んで歩いて帰るのが常だった。

ここ数年の北海道は、もはや避暑地と呼べないくらいに暑く、今年も猛暑日を記録していた。そんな厳しい夏を九月に接近した台風が全部持ち去ってくれたみたいに一気に涼しくなり、朝方は肌寒いくらいだ。

肩をすくめている私に対して、葵は朝日を全身で浴びるみたいに両手を広げて伸びをした。

「おまえらほんと元気だよなー。誕生日って水曜じゃん。仕事のあとに集まるんだろ？　次の日も仕事なのに」

「違うよ。週末にお祝いしてくれるの」

大学生の頃はたとえ平日でも誕生日当日に集まり、翌日のことなど考えずに深夜まで飲んだくれていたけれど、最近ちょっときつくなってきた。

「へー。けど当日にひとりって寂しくね？」

「あんたと一緒にしないでよ。私そんな寂しがりじゃないし」

「寂しがりじゃなくても誕生日は誰かといたいだろ」

「だから寂しくないってば。それに、そもそも誕生日って好きじゃないんだよね。昔からあんまいいことないし。ていうか最悪だし」

「またそれかよ。小学校のときはクラスで飼ってたメダカが死んで、中学のときは憧れてた先生が結婚して、高校のときは部活でレギュラー勝ち取ったのに怪我して試合出らんなくて、大学のときは彼氏に振られて、社会人なってからは合コンで泥酔して顔も名前も覚えてない男にお持ち帰りされたんだよな」

赤裸々に語りすぎだよ去年までの私。最後のやつ好きな人に知られたくないエピソードトップ３に入るよ。

ちなみに誕生日パーティーが男子禁制になったのは、男なんて絶滅すればいい！と彼氏に振られた二十歳の私が号泣しながら叫んだせいだ。

「よく覚えてるね」

「何百回も聞いてるからな」

「そんなに言ってないし」

あはは、と大きな口を開けて笑う。それこそ何百回も見てきたこの笑顔にときめく日が来るなんて、つい一年前までは夢にも思わなかった。

「それだけじゃないよ」

「まだ続きあんの？」

「あるけど、内緒」

「なんだそれ。今さら隠し事かよ」

自分だって私に隠し事してるくせに。

「私にだって、誰にも言えないことのひとつやふたつあるんだよ」

去年の誕生日は、葵に彼女ができたと報告を受けた。しかも（これは誕生日は関係ないけど）その彼女と別れてしばらくした頃、葵が女の子をアパートに連れ込んでいるところを見かけてしまったのだ。

もう新しい彼女ができたのかとショックを受けたものの、葵から彼女ができたという報告は聞いていない。隠すとは思えないから（人に言えないような、例えば不倫してるって可能性もゼロじゃないけど）彼女ではなかったのだろう。

葵はモテない。昔からずっと、惚れっぽいくせにモテない。典型的な、いい奴なんだけど逆にいい奴すぎるせいで男として見られないタイプだ。まれに恋が成就すれば超一途だけど毎回こっぴどく振られる。

葵はただでさえ面食いなうえ女の趣味が悪いのに、とことん甘やかすから相手をつけ上がらせるのだ。本人はそれに気づいていないから始末が悪い。指摘しても『いや確かにちょっとわがままだけどそこが可愛いんだよ』とだらしなく笑って私たちを絶句させてきた。

さらに貢ぎ癖もあるから救いようがない。大学生の元カノにねだられてティファニーのペアリング（ふたつで十三万）を買ったと聞いたときはドン引きした。一年記念日とかならまだわからなくもないけど、付き合い始めてから一週間しか経っていなかったのに。どれだけ葵本人がプレゼントだと言い張っても、私たちからすれば貢ぎ物でしかない。

だけど何度失恋しても投げやりになることなく（懲りることもなく）、むしろモテないエピソードをネタにしてみんなを笑わせてきた。そんな葵がワンナイトができるタイプだとは天地がひっくり返るほど驚いたし、……あまりにもショックでこっそり泣いた。

「一回でも最高だって思える誕生日を過ごせたら、嫌な記憶も全部覆せるのかなあ」

「じゃあ俺と飲みにでも行く？」

「ふぇっ？　な、なな、なんで？」

「今どっから声出した？」

私にもわからない。今わかるのは、朝陽を浴びながら楽しそうに笑う葵が最高に可愛くて輝いているということだけだ。

「最近仕事落ち着いてるし、俺でよければ付き合うよ。次の日も早いからあんま遅くまではいれないけど」

全然違う意味だとわかっていても、『付き合う』というワードは破壊力が高すぎる。

「そうじゃなくて。なんでつ、つき、……つ……っ、い、一緒にいてくれるの？」

「だから、誕生日にひとりって俺なら寂しいから」

同情かよ。

「うん、じゃあ……よろしく」

「高級レストランとかは無理だけど。普通の居酒屋でいい？」

「いいよ。なんでも、どこでも」

葵が一緒にいてくれるなら。

「了解。最高の日にはしてやれないと思うけど、最悪な日にはしないでやれるように頑張るよ」

なんてキラキラした笑顔だ。眩しすぎてもはや霞《かす》んでいる。

葵はやっぱり馬鹿だ。

あんたが一緒にいてくれるだけで最高の日になるんだっつーの。


Q・長年友達だった異性をある日突然好きになったことはありますか？

私の答えは『イエス』だ。

不本意ではあるものの、今世紀屈指の超鈍感馬鹿男を好きになってしまったのだ。

葵とは高一で同じクラスになり、すぐにグループで仲よくなった。私の高校はクラス替えがないから三年間ずっと一緒だった。それもクラスメイトとの親睦が深まり、結束が強まり、今でもこうして縁を繋いでいられる大きな理由なのかもしれない。

もうひとつの大きな理由は、葵のおかげだ。これは私の個人的な感情を抜きにしても事実だと思う。馬鹿で単純で根明で、どんなときも前向きに笑っている青春の象徴みたいに輝いていた葵の存在が、私たちをどんなときも照らしてくれた。

私と葵とは、グループ内でも特に仲がよかった。それもまた、今思えば葵の優しさだったのだろう。

私は我ながらものすごく普通だ。外見も内面も。性格は明るいか暗いかと言われれば明るい方だと思う。陰キャではないかもしれないけど、かといって陽キャかと言われると微妙なところだ。なのになぜか高校に入学して間もなくクラスのギャルたちと仲よくなり、派手なグループの一員として行動するようになった。だけど傍から見ればかなり浮いていたと思う。友達は大好きだけれど、それでも会話の内容やノリや笑いのツボが合わず、置いてけぼりになってしまうこともしばしばあった。

葵はそんな、浮いていた私を放っておけなかったのではないかと思う。私が作り笑顔を浮かべながら空気と化しているとき、決まって話を振ってくれた。

男女それぞれの人数が奇数だったこともあり、ふたりひと組になるときは自然と私と葵がペアになった。学校の行事やノリで手を繋いだり腕を組んだりしたこともあるし、体育祭で優勝したときは思いきりハグを交わしたし、その勢いでお姫様抱っこをされたこともあるし、宅飲みしたときは同じベッドで爆睡した。

大学卒業後はひとり暮らしをすると話したときも、じゃあ俺もそうしようかなーと葵が言うからなんの相談もなしにどちらからともなく自然と徒歩圏内のアパートを借りたし（当時の私グッジョブ）、暇な日はお互いの家を行き来して宅飲みしたり、街で飲んだ日はこうして当たり前みたいに送ってくれる。お互い三十路《みそじ》まで独身だったら結婚するかーなんて軽いノリで話したこともある。

今となってはなぜあんなことを平然としたり言ったりできていたのかまったくわからないけれど、私にとって葵は誰よりも距離が近い異性であり、同時に誰よりも意識せずにいられる唯一の異性でもあったのだ。あまのじゃくで意地っ張りのくせに臆病でもある私に、なんでも笑って受け流してくれる葵の存在は安定剤みたいなものだった。

ふたりの間に色っぽい瞬間など一秒たりともなかったのに。手を繋ごうがお姫様抱っこをされようが一緒に寝ようが一瞬たりとも心が反応しなかったのに。生涯完全なる恋愛対象外だったはずなのに。

好きになったのは本当に突然だった。

去年の夏、酔っぱらった私が階段を踏み外して転げ落ちそうになったとき、葵が助けてくれたのだ。今思えば、葵は運動神経と反射神経だけは抜群だから真っ先に体が動いただけの話なのだけど、それでもあの瞬間の私にはもはや王子様にさえ見えてしまうくらい輝いていた。

ずっと友達でいたかったのに。変わらない関係のまま葵といたかったのに。

どうして好きになんかなっちゃったんだろう。

しょうもないピンチを救ってくれただけで惚れるとか中学生かよ、私。

*

私の会社にはバースデー休暇がある。取得するつもりはさらさらなかったのに、葵に誘われた翌週に朝一で申請した。

そして迎えた誕生日当日。朝からいろいろ駆けずり回って約束の時間になる直前、葵から結局残業になったと連絡を受けた。ちょうど高い場所にいた私は危うく飛び降りかけたけれど、続いて送られてきた〈ソッコーで終わらせるからこの店で待ってて〉というメッセージにキュンとして、人生を終わらせずに済んだのだった。

位置情報を頼りに歩いてたどり着いたのは、『喫茶こざくら』というこぢんまりとしたお店だった。聞いたことはない。陽キャ代表の葵がこういうお店を知っていたのはちょっと意外だ。

葵から、行きつけのお店があるという話は前々から聞いていた。ずっと気になってはいたけれど、内緒ーと冗談めかして笑う顔が可愛くて心臓が締めつけられて、それ以上発声できなくなってしまうから聞けずじまいだったのだ。もしかしてこのお店だったのだろうか。いつもひとりで行くと言っていたのに、そんな秘密の場所を私に教えてくれたのだと感激してしまう。

〈開いてるかは行ってみなきゃわかんないからとりあえず行ってみて〉というアバウトすぎる指示に不安を覚えながらドアの前まで行ってみると、静かだけど営業はしているようだった。

外観の写真を撮って葵に送る。葵の仕事は営業だから、業務中でもメッセージの確認くらいはできるはずだ。

〈ここで合ってる？〉

〈合ってる！　まじでごめんな、もうすぐ終わると思うから。店に結季さんって人いるんだけど、どんな話でも聞いてくれるからなんか悩みとかあったら相談してみろよ！笑〉

馬鹿か。私の最大の悩みはあんただっつーの。

〈了解〉

一分ほど悩んでから勇気を振り絞って〈残業頑張ってね〉と付け足して送信した。するとメラメラ燃えているうさぎのスタンプが返ってきた。可愛い。

馬鹿は私だ。葵に謝らなければいけないことがあるのに、何事もなかったかのように接してくれる葵に甘えて、謝る機会を逃し続けているのだから。

今日こそ謝らなければと会うたび思うのに、わざわざ蒸し返して万が一葵の中で怒りが再燃してしまったらどうしようと不安に押しつぶされ、卑怯者の私はいつものように悪態ばかりついてしまう。

今まで軽い口喧嘩は何度もしてきた。もう友達やめてやるってくらい本気でむかついて大喧嘩をしたこともある（私が一方的にキレただけだけど）。それでもしばらく経てば葵がしれっと〈暇だー飲もうぜー〉とか連絡をしてきて、私も〈外出んのだるいからお酒とお菓子買ってうち来て〉とか返して、顔を合わせれば何事もなかったみたいに笑い合う。今まではずっとそうだった。

今回も、このまま水に流せるのならそうしたい。だけど、今回ばかりはうやむやにできない。

――全部男のせいにして被害者面してえだけだろっつってんだよ。

私たちを軽蔑するように冷めきった葵の目を、初めて見たのだから。

ひと通り回想と反省を済ませてからドアを開けようとしたとき、ガラスドアの向こうに人影が見えた。思わずドアノブから手を離すと、内側からゆっくりと開いた。

「え、くるみさん？」

中から現れたのは、同じ会社に勤めている女性だった。年齢は私より上だけど、彼女は中途入社だから私の方が先輩という、なんとも微妙な関係性である。それにくるみさんはリモートワーク中心だから顔を合わせるのは月に数回だけで、まともに話したことがない。

「びっくりしたあ。偶然だね。星奈ちゃんもこのお店知ってたんだ。よく来るの？私は近くに住んでるから、ちょっと休憩しようと思ってコーヒー飲みに来てたんだ」

うろたえている私に、くるみさんは大人の女性らしい柔らかな口調で会話を切り出した。私たちが所属している部署はアットホームで、ほとんどの社員同士が名前で呼び合っているのだけど、くるみさんに面と向かって名前で呼ばれたのは初めてだ。私もさっきまで呼んだことなかったけど。

「いえ、私は初めてです。友達と待ち合わせしてるんですけど、その友達が常連みたいで、ここで待っててって言われて。あ、今日は私バースデー休暇取ってて」

「そうなんだ。誕生日おめでとう。素敵な一日になりますように」

おめでとう待ちみたいになってしまったかと焦ったけれど、くるみさんは大人の微笑みを残して去っていった。

くるみさんの後ろ姿を見送り、改めてドアを開けると、

「ヴヴ……」

今にも噛みついてきそうなチワワに迎えられた。

犬は大好きだけど噛まれるのは嫌だ。向かい合って厳戒態勢を取りながら退散しようか悩んでいると、ふいにチワワが浮いた。

「いらっしゃいませー」

エプロンをした小柄な女性が、チワワを抱っこして朗らかに微笑んだ。

店内には彼女の他に、カウンター席の奥でコーヒーを淹れている寡黙そうな男性しかいない。この人が例の〝結季さん〟なのだろう。

「ごめんね、この子ちょっと警戒心強くて。噛まないから大丈夫だよー」

あなたの登場があと三秒遅かったら噛まれてた気がしますけど。

「ああ、はい、大丈夫です」

「はじめましてだよね？　お好きな席へどうぞー」

結季さんはにこやかに言って、さっさと私に背中を向けた。なんて適当な接客だ。

手前のテーブル席に座り、待ち合わせであることを伝えてアイスコーヒーだけ注文した。

にこやかな結季さんを見ていると、確かに話を聞いてくれそうな人だと思った。しかも葵はいつもひとりでこのお店に来ている。ということは、葵はいつも結季さんに相談していたのだろうか。つまり誰にも——私にすら言えないような話を、結季さんにだけ打ち明けているのだろうか。

「あの、松田葵って知りませんか？」

去ろうとする結季さんを思わず呼び止めると、彼女はワンピースをふわりと揺らして振り向いた。

「知ってる知ってる。葵くんの友達？」

「そうです。葵にこのお店のこと教えてもらって。葵って、よくここにひとりで来るんですよね」

「まあ、うん、そうだね。基本的にはひとりが多いかな」

ふたりのときもあるの？

誰？　ねえ誰と来てるの？　まさかまた私が知らない女？

「あの……葵、なにか言ってませんでしたか？」

思わず前のめりに訊いてしまったけれど、なんでこんな探りを入れるみたいなことをしているんだろう。唐突すぎるうえ質問がアバウトすぎる。

「なにかって？」

「その……友達と喧嘩した、とか」

迷いと少しの恐怖と自己嫌悪に蝕まれながらも、葵の本心を知りたいという欲求に負けてしまった。

警戒されるかと思いきや、結季さんは合点がいったみたいな顔をした。

「しゅっ……守秘義務があるから」

答えているようなものだ。しかもただの喫茶店に守秘義務なんかないだろう。

葵は、結季さんにあの日のことを話している。いや、私たちにぶつけきれなかった怒りをここで吐き出したのだろう。

結季さんは椅子を引いて私の向かいに腰かけた。

「葵くんと喧嘩したの？」

心配するような表情ではなく、ただ事実確認をするみたいに淡々とした口調で問う。ややカタコトなのは、なにも知らないふりをしているつもりなのだろう。とりあえず、葵が言っていた通り話は聞いてくれるらしい。

小さく頷いて、あの日のことをたどたどしく説明した（知ってるだろうけど）。私も吐き出したかったのだ。

葵が彼女に浮気されて、許すと言ったのに浮気し返して振られたこと。その報告を受けた私たちは、暴言の限りを尽くして葵を責め立ててしまったこと。いつもは笑って受け流す葵が、その日は怒って帰ってしまったこと。

十年も一緒にいて、葵が本気で怒るところを見たのは初めてだった。不測の事態に私たちはしばし放心し、やがて我に返ると動揺し、三十分ほどは『え、やばくない？』しか出てこない状況に陥っていた。

いよいよ友情が破綻したと思ったけれど、しばらくして開催された定例会に顔を出した葵はいつも通り『うぃー』と登場して、私は狼狽《ろうばい》も歓喜も悟られないよう感情を押し殺しながら『んー』と返してしまったこと。それからは何事もなかったみたいに接してくれて、ずっと謝れないまま今日に至ってしまったこと。

私は人生最大の深刻な悩みを打ち明けているのに、

「謝ればいいんじゃないの？」

あまりにもシンプルなアンサーに言葉を失ってしまう。なんかこの人調子が狂うんだけど。

「だから！　蒸し返してまた怒らせちゃうのが怖いんです！　謝って許してもらえなかったら、今度こそ本当に終わりじゃないですか」

「許してもらえないなら謝る意味ないの？」

考えるよりも先に心臓が跳ねた。やや遅れて、図星を指されて動揺しているのだと頭で理解する。

「ていうか、謝ろうが謝らなかろうが終わるときは終わるよ。だったら謝って終わる方がまだましじゃない？」

声のトーンは優しいのに、さりげなくきっついことを言う。なんかちょっとむかついてきた。

「じゃあ……旦那さんと喧嘩したら、素直に謝れますか」

「謝るよ。必死に切り替えて、遅くても次の日には謝る」

結季さんはアイスコーヒーに口をつけて「にがっ」と顔を歪めた。すぐさま旦那さんがミルクとガムシロップを持ってきて、結季さんがお礼を言うと彼は誇らしげな顔をして去っていった。この夫婦のパワーバランスが垣間見えた気がする。絶対に旦那さんから謝りそうなんだけど。

「どんだけむかついてても、ふとよぎるんだよ。万が一このままわたしが死んじゃったら、旦那が最後に見たのはわたしの怒った顔なんだなって。逆も然りね。そしたらくだらないことで怒ってる自分が馬鹿らしくなって、空気がピリついてるのもめんどくさくなるから早く仲直りしたくなっちゃう。もちろん謝りたくないときもあるけど、そこはまあ妥協だよね。喧嘩なんてだいたいどっちもどっちだし。大切な人と喧嘩したまま死別するよりも辛いことなんて、わたしには思いつかないから」

「それは……ちょっと飛躍しすぎっていうか、極端すぎませんか？　普通、死ぬとかまで考えないですよ」

「そうなの？　普通がどうかは知らないけどわたしは考えるよ。だって、明日死ななない保証なんかどこにもないでしょ」

迷いなんて微塵もなさそうにぱっちり開いていた結季さんの目が私から逸れる。旦那さんのおかげで苦くなくなったアイスコーヒーに口をつけて、「おいしい」とどこか愛おしそうに呟いた。

私はまだ大切な人を亡くしたことがないから、そんなことを言われてもピンとこないし、やっぱりちょっと極端すぎると思う。

だけど言われてみれば、確かに、死……まではいかなくとも、私の前から葵が突然いなくならない保証なんてどこにもない。実際に喧嘩した日から飲み会で顔を合わせるまでの間、もう葵は会ってくれないいんじゃないかと不安でしょうがなかった。

「そもそも、葵くんが浮気し返したからってなんでそんなに怒るの？　わたしはむしろ自分のことを棚に上げてキレ散らかした彼女の方に引いたんだけど」

「だって、浮気し返すなんて葵らしくないから……」

「だったら浮気した彼女に対してどうするのが葵くんらしかったの？」

「それは……急に訊かれても、うまく言えないですけど。でもとにかく、やり返すのだけは絶対に葵らしくなくて。……あと彼女じゃなくて元カノです」

「星奈ちゃんの中にいる葵くんは、葵くんのほんの一面に過ぎないかもしれないよ。きっと星奈ちゃんしか知らない葵くんがいて、わたししか知らない葵くんもいて、他の誰かしか知らない葵くんもいて、なんなら葵くん自身が知らない葵くんだっているんだよ」

結季さんが言いたいことは、理解できなくはなかった。

でも、私は高校のときからずっと一緒にいる。悪いけど結季さんが葵と過ごした時間とは比べ物にならないくらい、誰よりもと胸を張って言えるくらい、たくさんの時間を葵と過ごしてきたのだ。

マウントを取りたい。全力で。

だけどなにを言っても論破されそうで尻込みしてしまう。雰囲気はぽわんってしているのに、この人外見と内面のギャップがひどい。

「ごめん、なんかちょっと私情挟みすぎて言い方きつくなっちゃったかも。わたし〝らしくない〟って言われるのあんまり好きじゃないんだよね。結局は自分のための言葉なんじゃないのって思っちゃうから」

「……自分のため？」

「そんなあなたは好きじゃないって言えないから、お互いのダメージを最小限に抑えられる言葉に変換した結果が〝らしくない〟なんじゃないかなって。〝裏切られた〟

とかも似たようなもんだよね。別に幻滅されるのは構わないけど、勝手なイメージを押しつけられるのはごめんだから。わたしはひねくれてるからそう感じちゃうだけで全部がそうだとは言わないし、葵くんがどう感じてるかは知らないよ。でも使うタイミングを間違えたら相手を傷つけるし、下手したら呪いになりかねないとは思う」

結季さんの口調は責めるようなものではないのに、言葉が針みたいにちくちく刺さってくる。しかも一番痛い場所を的確に、何度も何度も。

「ていうか、そんなに思い悩むくらいならさっさと謝りなよ。ついでにそこまで好きなら好きって言いなよ」

「え？　す……？」

「葵くんのこと好きなんでしょ？」

「ちっ……違いますよ！　誰があんなヤツ……ッ！」

「ツンデレヒロインみたいな反応やめてくれる？」

本当に嫌だ。自分でも引く。二十六にもなってこんなにこじらせるとは思わなかった。恥ずかしい。

「葵くんにもそんな感じなの？　よくばれないね」

「名前出すのやめてください……なんか生々しいので……」

「じゃあ好きな人？　あ、今どきはあれか。好きぴ」

「もっと生々しかったんで名前でいいです……あと私好きぴとか使うほど若くもないです……」

「あはは、めんどくさ」

なんて殺傷力の高い五文字だ。この人確かに話は聞いてくれるけど容赦ない。

「と、とにかく、無理ですよ！　告白なんて絶対に無理です！　もう十年も友達やってるんですよ？」

「でも言わなきゃなにも変わらないよ。逆に言えば、伝えたらなにか変わるかもしれないし。よくも悪くもだけど」

「最後のひと言が余計です……しかもなんかすごい無責任だし……」

「そりゃ無責任だよ。わたしにとっては他人事だもん」

さらっと最低なことを言った結季さんは、悪魔の笑みを浮かべた。

ああもう、悔しい。もはや憎たらしい。どうしたらこの人を言い負かせられるんだろう。せめてこの余裕の笑みを崩してやりたい。

結季さんは私が胸中で復讐計画を練り始めていることなど露知らず、

「意地張ったってあんまり得しないよ。不器用だねえ」

頬杖をついて呆れたように笑った。

葵から仕事が終わったとメッセージが届いて、到着する頃に店を出た。ここで飲むつもりだったのだろう葵には申し訳ないけれど、いろいろ打ち明けてしまった相手の前で葵と話すのは恥ずかしい。

「ごめん、遅くなった！」

お店の近くで待っていると、駆けつけた葵の額やこめかみには汗が滲んでいた。

「まさか走ってきたの？」

「当たり前だろ。俺から誘ったのに遅れるとか最悪だし。まじでごめんな」

こういうところはずっと変わらない。昔はほんといい奴だなーくらいしか思わなかったのに、今は心臓がキュンキュン疼《うず》いてしまう。

「てか星奈、なんで店出てんの？　もしかして店閉まってた？　ずっと外で待ってたん？」

「あ、えっと、中で待ってたんだけど、なんか、今日はもう疲れたからお店閉めるって追い出されて……」

「まじか」

ささやかな復讐をするべく結季さんを若干悪者にしてしまったけれど、葵は「まあ結季さんだからな」とすんなり納得していた（まさか本当にいつもそんな感じなのだろうか）。

これから適当に居酒屋を探すのかと思いきや、葵は相談もなしに歩きだした。しばらく歩いてたどり着いたのは、普段の私たちは絶対に行かないような、外観からしてお洒落でちょっと高そうなイタリアン居酒屋だった。

「え、ここ入るの？」

「そう、ここ入るの。空いてるかな」

ドアを開けると、物腰も笑顔も柔らかなウェイターに迎えられる。葵は慣れた様子で「ふたりなんですけど」と伝え、幸い席が空いていたらしく案内された。

窓側の席に座ると、ガラスの向こうには札幌の夜景が広がっていた。私だって二十六歳のれっきとした社会人なのだから、こういうお店に来たこともなくはない。だけど向かいに座っているのが葵というだけで、なんだか現実感がなく無駄に緊張してしまう。とりあえずそれなりに着飾っておいてよかった。

「葵ってこういうとこ来るんだね……」

「たまには。大人ですから。『喫茶こざくら』が開いてるかわかんなかったから、一応いくつか候補は挙げといた。一発目で入れてよかったよ」

「普通の居酒屋でいい？とか言ってたくせに」

「最初はそのつもりだったんだけど、考えてみたら星奈と誕生日過ごすとか初めてじゃん。ちょっとくらい真面目に祝おうかと思って」

「そ、そうなんだ。……その……と」

「え？　なに？」

「あ……なんでもない」

本当に自分が嫌だ。どうして〝ありがとう〟すら素直に言えないんだろう。きっと今まではなんの気なしに言えていたはずなのに。葵のささやかなサプライズに、心の中では感激して大号泣しているのに。

だけど恥ずかしすぎて、それ以上に嬉しすぎて、声が出ない。

今までの最悪な記憶が全部覆されるくらい最高の誕生日になったよって、言いたいのに。


やがて運ばれてきたシャンパンで乾杯をした。どこからどう手をつければいいのかわからないお洒落な料理は、たぶんこの世で一番おいしかった。

たとえお洒落でちょっと高そうなイタリアン居酒屋だとしても、結局私たちは私たちだ。葵に勧められるがままワインを飲み続け、注文した料理を食べ終える頃にはいつも通り酔っぱらっていた。

「あーなんかうまくいかねえよなー。なんで俺モテないんだろ」

これもまた何百回と耳にしてきた葵の嘆きにドキッとして、同時に高まっていた気分が急降下する。発言から察するに、元カノのことも含めているのだろう。葵は新たな恋を見つけるまでとことん引きずるタイプなのだ。

「あんたがモテるわけないじゃん」

「だからなんで」

膝の上に置いていた拳をぎゅっと握りしめて、持ちうる限りの勇気と声を絞り出す。

「わ、私……その、今日、いつもと……ほら、なんか違わない？」

ちっちゃ。持ちうる限りの勇気と声ちっちゃ！

「……え？」

しかも伝わってない。

「き、今日、その……美容室、行ったんだけど」

五ミリくらいしか伸びてなかった根元を染めたし、いつもより二ランク上のお高いトリートメントもしてもらったし、ていうかネイルもまつパもしてきたし、なんならゆうべは特別な日にしか使わない一枚千円のパックもしたし（いただき物だけど）、メイクも二時間くらいかかったし服装だっていつもと全然違うんだけど。

「え、全然わからん」

殴りたい。

「……そういうとこだってば」

「好きでもねぇ女の変化にいちいち気づかねぇよ。好きでも気づく自信あんまないけど」

気づいてもらえないどころかトドメ刺されたんだけど。

「……そういうとこだっつってんの。鈍感すぎるんだよ」

今まではこういうところも可笑しくて、だからモテないんだよ馬鹿って、笑って言えたのに。葵らしいなあって、受け入れられたのに。

自分に勇気がないだけなのに、なんで気づいてくれないのって、全部を葵のせいにしたくなってしまう自分が心底嫌だ。

「確かに俺は鈍感だけど、みんなに思われてるほど能天気でもねぇよ」

「知ってるよ、そんなこと」

そう、私は知っている。葵は馬鹿だし鈍感だし根明の陽キャ代表だけど、能天気なんかじゃない。

葵がこれだけ人に好かれるのは、優しいからだ。いつもふざけているのに、例えば誰かが体調不良のとき、落ち込んでいるとき、いち早く気づいて瞬時に空気を変えるのは必ず葵だった。いつだって葵はみんなのことをよく見ている。人を傷つけないよう態度や言葉を慎重に選んでいる。それを本能でできてしまうような、誰よりも優しい奴だ。

そう、それが葵なのだ。

——星奈ちゃんの中にいる葵くんは、葵くんのほんの一面に過ぎないかもしれないよ。

確かに私は、葵の全部なんか知らないのかもしれない。私が知らない一面もあったのかもしれない。だけど私が見てきた葵がほんの一面に過ぎなかったとは絶対に思えない。今回はたまたま、浮気されたショックで間違えてしまっただけに違いないのだ。だって葵は馬鹿だから。

——だったら浮気した彼女に対してどうするのが葵くんらしかったの？

今なら答えられる。

いつもの葵なら、どんなに辛くてもちゃんと彼女の気持ちや浮気に走った理由を考えて、自分にも悪いとこあったなって反省もして、許していたと思う。許せなかったとしても、ちゃんと話し合って別れて、私たちと飲み会するときに、やっぱり無理だった、我慢できなかったー！とかネタにして、みんなを笑わせていたはずだ。普段だって、いじられキャラの葵に言いすぎてしまうときもあるけれど、それでも葵は笑っていた。

それが葵だと胸を張って言えるのに、なぜか私の中で迷いが生じていた。

笑っているからといって、イコール傷ついていないことになるのだろうか。

そんなわけがない。ただ私たちに心配をかけないために、自分の傷さえも笑いに変換していたのだ。

そんな葵が、あの日は初めて怒りをあらわにした。それは今まで怒ったことがなかったわけじゃなく、私たちが葵のキャパを超えさせてしまっただけなのではないだろうか。葵は怒らないという自分に都合のいい先入観を持っていたせいで、今までずっと葵の感情を見落としていただけじゃないのだろうか。

そもそも、葵は本当にただ怒っていたのだろうか。傷ついた顔は、していなかっただろうか。

わからない。だってあのとき、いや、いつだって、私は自分のことだけで精一杯だった。

——浮気されただけでもショックなのに、現場見ちゃったんだもん。辛かったと思う。

あの日、私は葵にそう言った。葵が辛いことも傷ついたことも頭ではわかっていたのに、私たちが追い打ちをかけて追い詰めた。——我慢の糸が切れてしまうくらいに、容赦なく傷つけた。傷つける可能性は、きっと考えていたと思う。だけど葵なら笑って受け流すと思っていたから、いつからか加減を忘れてしまっていた。

だとしたら、私は。

――葵らしくないよ。

どんなに傷ついていても葵は笑っているべきだとでも言いたいのだろうか。

――葵の気持ちはわかるよ。

恥ずかしい。私はなにもわかっていなかった。

――そんなあなたは好きじゃないって言えないから、お互いのダメージを最小限に抑えられる言葉に変換した結果が〝らしくない〟なんじゃないかなって。結季さんの言葉が、時間差で深く突き刺さる。

わかってしまった。葵の行動に対して、私はなにがあんなに嫌だったのか。

もちろん、彼女ですらない他の女の子と寝たのがショックだった。だけどそれよりも、私の知らない葵がいたことがショックで、嫌で、受け入れたくなかったんだ。こんなの葵じゃないと思いたかったんだ。私が知っている、私が大好きな葵でいてほしかったんだ。

〝らしくない〟なんて、自分を守って葵を責めるだけの言葉でしかなかった。

私は葵の間違いに怒ったわけじゃない。ただ〝自分が好きな葵〟を押しつけて〝自分が知らない葵〟を否定したかっただけだ。

――使うタイミングを間違えたら相手を傷つけるし、下手したら呪いになりかねないとは思う。

「ごめん、葵」

私が激しい後悔と懺悔《ざんげ》に悶えている間もワインをぐびぐび飲みながらべらべら喋っていた葵が目を点にした。

「え、どしたん急に」

「言いすぎた。こないだ」

「こないだって？」

「浮気し返すなんてクズだって」

「こないだってほど最近でもなくね？　てかそれ言ったの星奈だったっけ？」

「違うけど、代表して一連の暴言を謝ってる。あと……葵らしくないって、言っちゃったことも、ごめん」

葵に対して、こんなに真剣に謝ったのは初めてだ。想像以上に恥ずかしい。今すぐここから逃げだし……たくはないけど、むしろずっとこのまま一緒にいたいけど、今はとにかく顔を上げられない。

「葵の知らない一面を知ってびっくりしたっていうか」

ただでさえ彼女できたって聞いてからメンタルボロボロで、やっと別れて油断してたところに他の女と××したって聞いたから精神崩壊しちゃって。

「そう、びっくりしたの。それだけだから。軽蔑したとか嫌いになったとか、そういうのは全然ないから」

なんで微妙に上から目線になってんだ私。

違うでしょ。今回ばかりは意地とか恥とかプライドとか全部捨てて、ちゃんと謝らなきゃいけないでしょう。

さすがにないとは思うけど、それでも万が一、葵が明日いなくなっちゃったら。

絶対に一生死ぬほど後悔し続けるんだから、それよりずっとましでしょう。

「今さらだけど、ちゃんと謝りたかった。ひどいこと言ってほんとにごめん。葵は葵なのにね」

どんな葵でも、ちゃんと受け入れるよ。

今までだって、葵はどんな私でも受け入れてくれたのだから。

「ちょ……びっくりした。え、てか、俺もごめん。普通になかったことにしようとしてたわ」

「正直言うと私もそうだったけど……ちょっといろいろあって、謝らなきゃって思って」

「どっちかっつーと俺の方がひどいこと言った気がするんだけど……。いや、言ったわ。すっげえひどいこと言った。縁切られてもしょうがないくらい。実際あの日、あー女友達三人なくしたなーとか途方に暮れてたし。そのあと飲み会行ったときも実はすげえ緊張してた。なんでのこのこ顔出してんだよクズとかキレられるんじゃねえかって」

「もう十年も友達やってるのに、あの程度で縁切るわけないでしょ。普通にただの喧嘩だよ。……それに、先に言いすぎたのは私たちだったし」

「だって俺、友達とガチ喧嘩したこともガチギレしたこともねえもん。どのレベルまでセーフでどこからアウトなのか全然わかんねえ」

私たちは葵の捨て台詞とは比べ物にならないくらい、葵にガチギレしたり暴言を吐いたりしてきたのに。

「とにかく、まじでごめん。売り言葉に買い言葉ってやつで、あんなこと本気で思ってるわけじゃないから、ほんとに。縁切らないでくれてありがとな」

頭を抱えて念仏みたいに「ごめん」と唱え続ける姿を見て、ほっと胸を撫で下ろした。

私には、許してもらえないことを覚悟の上で謝れるほどの度胸はない。なんだかんだいっても、葵なら許してくれると信じていたから謝れたのだ。怖いとかなんとか言い訳をして、ただ自分から謝るのが嫌だっただけ。

めちゃめちゃ緊張したけど、ずっと胸につかえていたしこりがなくなっていく。

安心したら一気に酔いが回ってきたことも相まって、すごく気分がいい。

今なら、私でも素直になれる気がする。

「それはこっちの台詞だよ。……葵が怒ったところ初めて見たから、もう友達じゃいられなくなるかもって、すごい怖かったし後悔した。言いすぎちゃってほんとにごめん。あと、いつも馬鹿とか言いまくっちゃってごめん」

「今日はどうしちゃったんだよ星奈。なんか可愛いんだけど」

「かっ……！」

絶対に赤くなった顔をごまかすためにワインを一気に飲んだ。私を奇行に走らせた犯人は「え、やべえじゃん」と呑気《のんき》に笑う。可愛い。好き。

「今さら気にしてないって。星奈の馬鹿ってなんとなく愛あるし」

「あっ……！」

あるよ。ありまくりだよ。そんなとこだけ敏感かよ。

だったらもういっそのこと、私の気持ちに気づいてよ。

確かにあんたはモテないけど、ちゃんといるんだよ。葵のことが好きで好きで仕方がない女が。

目の前に、いるんだってば。

「……なってあげよっか。彼女」

蚊《か》の鳴くような声になってしまった。

顔を上げられずに視線だけ葵に向ければ、また目を点にしている。可愛い。好き。

「え……なんで急に」

「モテねーってさっき言ってたじゃん。彼女ほしいんでしょ？」

「誰でもいいってわけじゃないんだけど」

それ絶妙に傷つくんだけど。

いや、落ち着け、大丈夫。今日はものすごくいい感じだ。万が一私たちの関係性に変化が訪れる可能性がゼロじゃないなら、たぶん今日しかない。

言え！　さくっと言えよ私！

「じゃあ、……そういう相手に、なってもいいよ」

「そういうって？」

わかってよ。

「……寂しい、ときの、相手、みたいな」

二分くらいインターバルが空いたけど、一応伝わったらしい。せめてちょっとくらい赤くなったり動揺したりしてほしかったのに、葵はめちゃくちゃ訝っていた。

「ちょ……まじでなに言ってんだよ。どうしたんだよ星奈。さすがに酔いすぎだろ。いや俺が飲ませちゃったのか」

「別に酔ってな……くはないけど、酔った勢いで言ってるわけじゃないよ」

「だったら同情？　俺そこまで飢えてねえって。さっきも言ったけど、誰でもいいわけじゃないし」

飢えてるじゃん。誰でもいいときだってあるんじゃん。浮気し返してたし、こないだだって家に女の子連れ込んでたじゃん。けっこう可愛かったけどあれ誰なの？

「てか、自分のこと安売りすんなよ。それに、さすがに軽い気持ちで友達とヤッたりできねえから。友達じゃなくなるだろ」

友達じゃなくなりたいんだよ。そこは鈍感なのかよ。

こいつは本当に馬鹿だ。今世紀屈指の馬鹿男だ。

私がいつもと違う理由、ちょっとくらい気づいてよ。

葵のことが好きで好きで、キャラ崩壊しちゃうくらい大好きで、どうにもならないんだってば。

「私、友達？」

「友達だろ」

「友達じゃ嫌なんだけど」

彼女にしてよ。とりあえず付き合ってみるとかその程度でいいよ。好きになってもらえるように私が頑張ればいいんだから。絶対に好きにさせるから。

だから私を――。

「親友にしてよ」

「は？」

ほんとだよ。は？だよ。ここまで頭と喉が戦争するの初めてだよ。

だけど、好きなんて言えるわけがない。それこそ葵が私の前からいなくなってしまうかもしれないのだから。葵のことだから何事もなかったみたいに接してくれる可能性もあるけど、それもそれでしんどい。

「これから全部報告して。好きな子ができたときも、彼女ができたときも、わ、ワンナイトだったとしても、逐一《ちくいち》全部。二度と私に隠し事しないで」

「なんだそれ。てか今までも全部話してたじゃん」

嘘つくな。家に女連れ込んだこと聞いてないんだってば。聞きたくないけど。

「これからも話して。あんたが勘違いしてたら全部ぶった切ってやるから」

「嫌なんだけど」

私だって嫌だよ。葵の恋バナなんか二度と聞きたくないよ。

もはや未だかつて見たこともないほどドン引きしている葵は、息巻いている私を宥《なだ》めるようにふうっと息を吐いた。

「思ってるよ」

「へ？」

「親友だと思ってるよ、星奈のこと」

思うなよ。嬉しいやら悲しいやらで感情迷子だよ。

「てかまじでなんなんだよ。こんなこと言わせんなよこっぱずかしいな」

このタイミングで赤くなるなよ。もっと赤くなるべきポイントがあったでしょうが。

ああーもう！

……もういいや。葵が私をまったくもって恋愛対象として見ていないことは百も承知だし、その気持ちは誰よりも私自身が身をもって知っているのだから。

だけど、私はもうひとつ知っている。長年友達だった異性をある日突然好きになることだってあるのだと。

なにより、私には切り札がある。

「ねえ、葵」

「今度はなに」

「三十路になるまで独身でいてね」

軽いノリで交わした口約束だったけれど、葵が忘れているとは思わなかった。

「諦めるなよ。まだあと四年もあるんだから」

そういうことじゃないってば。

「四年なんてあっという間だよ」

「こえーこと言うなよ」

「私と結婚するのこえーとか言うなよ。ほんと失礼」

もうハートボロボロで新たに傷つくスペース残ってないんだから。

「ちげえよ。あっという間に三十路になるのがこえーってつってるだけ。星奈と結婚するのは普通にありかなって本気で思ってるよ。星奈となら楽しそうだし、俺が完全オフになれんの星奈といるときくらいだし」

傷が一気に治癒してしまった。

ずるい。こんな何気ないひと言ですべてが報われたような気になってしまう。

「あっそ。……まあ私も、なくはないかなって思ってるよ」

「いきなりいつもの星奈に戻ったな。情緒やばくね？」

「ちょっと暴走しかけてただけ」

「しかけてたってか、してたと思うけど」

「ああもう、うるさいな！　てかここ時間大丈夫なの？　二軒目行こ！　私実は明日も休み取ってるんだよね！」

「そう言うと思って、明日は午前休取っといた。今日は星奈が潰れるまで付き合うよ」

なにそれ。午前休なんてやばいじゃん。いくら仕事が落ち着いてるっていっても、葵の会社ってほぼブラックじゃん。入社してからずっと社畜すぎて感覚麻痺してるだけじゃん。午後からのしわ寄せ半端ないいんじゃないの？　また馬車馬みたいに働かなきゃいけないいんじゃないの？

それでも、私のために時間を作ってくれたの？

「てか言うの忘れてた。誕生日おめでと」

「あ、うん。私も忘れてた。ありがと」

「本人が忘れんなよ」

今までの最悪な記憶を全部覆してくれて、人生最高の誕生日にしてくれて、ていうかもう生まれてきてくれて私と出会ってくれて、もはや葵の存在すべてに。

「本当にありがとう、葵。今日すごい楽しい」

「はは、今日やっぱ可愛いな」

ああもう、本当に。

私の気持ちにまるで気づかない超鈍感野郎のくせに、そうやって無自覚に私を世界一の幸せ者みたいな気分にさせてくるあんたなんか、

大好きだよ、馬鹿。

私が私であるために

「くるみはさ、汚いんだよ！」

清く正しく美しく生きてきたとはとても言えないけれど、面と向かって汚いと言われたのはさすがに初めてだった。

私に向けて刃を放った相手は、二年付き合っている彼氏だ。仕事がひと区切りしたタイミングでスマホを見ると〈今日は話がある〉という不吉な予感しかしないメッセージが届いていて、私が〈わかった〉と返信して間もなく帰宅した彼は意を決したような顔つきでリビングに座り、開口一番に別れを切り出した。

そこまでは想定内だった。別れは突然訪れるものではなく、大方前兆があると思う。彼の態度の変化に気づかないほど鈍感ではなかったし、ああもうすぐ別れるんだろうなとは思っていた。

やっぱりなと納得しながら一応理由を尋ねてみれば、まさかの言葉が彼の口から飛び出してきたわけである。

「俺さ、こないだ言ったじゃん。洗面所のさ、タオル、ちょっと臭いから洗濯しといてって」

記憶をたどれば、確かに言われた。フェイスタオルではなく、洗面台の水滴を拭く用の雑巾だ。

「え、でも、別にあれで顔とか拭くわけじゃないし」

「だからって一週間も二週間も放置するとかありえないだろ。なんで平気でいられんの？　信じらんねえ。菌が繁殖するんだよ！」

「だって洗面台拭いた雑巾を服と一緒に洗濯するのはなんか嫌じゃん。だからってちっちゃい雑巾一枚だけ洗濯するのはめんどいじゃん」

「手洗いすりゃいいだろ」

「え……？　めんど……。ていうか放置してもいいように雑巾にしてるんだけど」

目を剥いた彼の口が『き』の形になった。二度目の『汚い』が放たれるかと思いきや絶句しているだけで、

「きっ……たねえ……」

放たれた。しかもさっきより心こもりまくりで。

ショックよりも、仮にも彼女を傷つけることなどまるで躊躇していない姿にもはや感心してしまう。

いや、違うか。

傷つこうがどうでもいいと思うほど、私に対する情がなくなってしまったのだ。

なにはともあれ、一旦整理させてほしい。

そもそも、ここは私が探して私の名義で契約した私の部屋だ。そこに彼が引っ越してきただけ。数年ぶりに彼女ができたことに（私も彼氏ができたのは数年ぶりだった

けど）浮かれて、付き合い始めのテンションで結婚がどうとか勝手に盛り上がって、やんわり拒否する部屋の主を無視して転がり込んできただけ。なのになぜ潔癖症（自称）の居候のルールを押しつけられなければいけないのか。どちらかといえば私のルールに従うべきなんじゃないのか。

ていうか、気になるなら自分で手洗いすりゃよかっただろうが。

言い分は腐るほどあるものの、ひたすら私のズボラぶりを非難し続ける彼を見ていたら、なんかもう、言い返す気も失せた。

「うん、わかった。別れよ」

＊

カラオケで大好きな曲を歌い終えてマイクを置くと、なぜか室内はお葬式みたいな空気になっていた。

彼、いや、元彼と別れてから早三か月、私は会社の忘年会に参加していた。場所は上司お気に入りの、すすきのにあるカラオケ居酒屋。歓談がひと段落したタイミングで上司がマイクを握ったのを筆頭にカラオケ大会になり、おまえも歌えとはやされたから指示通り歌っただけなのに。

きょとんとしている私の肩に同僚の女の子が手を置いて、まるでお悔やみ申し上げるみたいなテンションで言った。

「ごめん、あのさ……ちょっとさすがにどう反応していいかわかんなかった……」

こちらこそなにを言われているのかわからない。

「え、なんで？」

「失恋したてのアラサー女が会社の飲み会で歌う曲じゃないって。こういうのは内輪飲みで歌うやつだよ」

この空気の意味は理解したものの、さらなる疑問が芽生える。

今私が歌ったのは、会いたくて震えるわけでも唇を噛みしめるわけでも、彼氏死んだの？ってくらい絶望的な歌詞でもない。なんなら失恋ソングですらない。某歌手が愛犬に向けて書いた曲だ。

愛おしさといつか別れが訪れる切なさに胸が締めつけられる歌詞なうえ男女パートが分かれているから、二百歩くらい譲れば恋愛ソングに聞こえないこともないかもしれない。しかも歌っている最中に歌詞が沁みすぎてやや涙ぐんでしまったことも災いしたのだろう。とはいえ、これが恋愛ソングなら男はとんでもないヒモ男である。

「いや、うん、わかった。よし、今日は腹割って話そうか」

おそらくなにもわかっていない上司が、あとは俺に任せろと言わんばかりに神妙な面持ちで襟を正した。なぜか他の同僚たちも私を囲んで輪になる。おいそこの新人(男)、空気読んで自分が入れてた次の曲消さなくていいってば。

「別れてどれくらいだっけ？」

「三か月くらいですけど」

「うん、そうか。うんうん。一番辛い時期かもな」

上司に便乗するように、同僚たちもうんうんと首を上下に振る。

なにこの公開処刑。曲のセレクトを多少ミスっただけでこんなことになるとは。いや、別にミスってもいないはずなのに。

「あの、私、大丈夫なので。別に引きずってないですし」

「だって、別れ話したその日に出ていっちゃったんだろ？」

「そうですけど。でもそれは、私が出ていってって言ったんですよ」

「それだけ辛かったんだよな。一緒にいるのが」

まさかそういう解釈をされるとは思わなかった。

確かに私は、あの別れ話の直後に元彼を追い出した。新しい部屋が見つかるまでは住むと当然のように言われたから、そんな都合のいい話があるか、とりあえず実家にでも帰れと。まるで怪物でも現れたかのごとく目を見張る元彼に、最低限の荷物をまとめさせたのだ。

だけどそれは、一緒にいるのが辛かったからではない。一方的に別れを告げたくせに堂々と居座ろうとする傲慢さが気に入らなかっただけだ。

「いや、ほんとにそういうんじゃないんで。ひとりの時間満喫できてますし。ネトフリでアニメとか映画とか観たり、今はワンちゃんもいるので一緒にまったりしたり、たまに出かけたり」

全力で順風満帆アピールをしているのに、なんかどんどんチーンみたいな空気になっていくのはなぜだろう。私は一体なにを間違えているというのか。

「誰かと話したくなるときもあるだろう」

「そういうときはひとりで飲みに行きますよ。近所に行きつけのお店があるので。けっこう楽し――」

「へー、寂しいね」

口を滑らせたのは、最近結婚したばかりの同僚男性Aだった。

今私は楽しいって言おうとしてただろ。人の話を最後まで聞け。

げんなりする。なぜ勝手に心情を推察された挙げ句こうして同情されなければいけないのか。

勝手に私を寂しい女と決めつけた無神経男こと男性Aが、私の逆鱗《げきりん》に触れたことなど気づきもせずにあっけらかんと続けた。

「てか犬なんか飼ってたっけ？　いつから？」

「三か月くらい前だけど」

ミスった、と思った。時すでに遅し。ああー……うん……みたいな空気になってしまった。

それを見兼ねた（つもりな）のだろう上司が、男性Aを片手で制してまとめに入った。

「まあ、またすぐにいい人が見つかるよ。もうすぐ三十だろ？」

まだ二十八ですけど。

ちくしょうと思いながら、ひとまず黙ってこの場をやり過ごすことに決めた。たぶんもうこの空気を修復できない。今は私がなにを言ってもドツボにハマるだけだ。

「次の相手が旦那になったらいいよなあ。でも、結婚しても仕事辞めないでくれよ？　今どき寿退社なんて古いしな。――と、悪い、今はこういうこと言っちゃいけないんだよな。うん、まあとにかく元気出せ！　ほらみんな、もっと曲入れろ！」

締めの挨拶代わりみたいに、上司は私の肩を軽快に叩いた。

やっと私の話が終わったことに安堵し、同時に疲労感がどっと押し寄せた。

今すぐ帰りたい衝動に駆られながら貼りついた笑顔で手拍子をする。このタイミングで帰ったら機嫌を損ねたか、あるいは本当に傷ついている女だと思われるだろう。

会社の飲み会なんて、やっぱり参加するもんじゃない。

タイミングを見計らってカラオケ居酒屋を出る。昨日降った初雪は跡形もなく溶けていた。とはいえ寒いものは寒い。星も月も隠している厚い雲は、今にもまた雪を落としてきそうだ。

マフラーに顔を埋めて一歩踏み出したとき、

「くるみさん！」

背後から私を呼び止めたのは同僚の星奈ちゃんだった。

同じ部署に所属している彼女とはそれほど親しい間柄ではないものの、二か月ほど前に行きつけの喫茶店で出くわしてからは、たまに顔を合わせれば雑談をするようになった。

「星奈ちゃん、どうしたの？　風邪引いちゃうよ」

慌てて追いかけてきたのだろう、彼女は手ぶらでコートも着ていない。

「あの……なんていうか、うまく言えないんですけど。……元気、出してください」

まるで自身が失恋したかのように思い詰めた顔をしながら、まったく思い詰めていない私にエールを送る。どうやら、やはり私の声は誰にも届かなかったようだ。

彼女は長年友達だった男の子に恋をしているのだという。振られるのが怖くて告白できないのだと。行きつけの喫茶店で出くわしたあと、待ち合わせ相手は友達だったのか、いい誕生日を過ごせたかと何気なく尋ねた私に、星奈ちゃんは顔を真っ赤にして打ち明けてくれた。

失恋が怖い。私が最後にそう怯えたのは、いつだっただろうか。

それ以前に、私はひたむきに恋をしたことが一度でもあっただろうか。

「ありがとね、星奈ちゃん」

当たり障りない言葉と笑みを返し、彼女に背中を向けた。

地下鉄を待つ時間さえも惜しくて足早に帰宅した。私のマンションは中島公園だから、すすきのからなら余裕で歩ける距離だ。

リビングのドアを開けると、わずかにできた隙間からララが一目散に飛び出してきた。ホワイトのポメラニアンの女の子だ。

「ただいま、ララ」

ふわふわの尻尾が飛んでいきそうなくらい激しく左右に振りながら私の足に顔をすりすりして、クゥンクゥンと鳴く。寂しかったよもう、と言われた気がして、私の帰りを待ち侘びながらお留守番しているララの姿を想像すると胸が張り裂けそうになった。

「寂しかったよね。ごめんね。ほんとは飲み会なんて行きたくなかったんだけど、忘年会くらいは顔出さなきゃあとあと面倒だからさ。社会人ってほんとめんどくさいね。明日からはまたずっと一緒だからね」

愚痴を交えながらララを抱き上げて、ぎゅうっと抱きしめる。私の頬をぺろぺろ舐める小さくて赤い舌も、私の胸のあたりに添えられている小さな前足も、腕にぺちぺちとあたる尻尾の感触さえも愛おしい。

この子を迎え入れたのは、元彼に振られて寂しかったからじゃない。犬を飼うのが子供の頃からの夢だった。実家に住んでいた頃は、父が犬アレルギーのため断念するしかなかったのだ。だから将来はひとり暮らしをして、絶対に犬を飼おうと決めていた。

大学卒業後に満を持してひとり暮らしを始めたものの、就職した会社はシフト制で生活がかなり不規則だった。そのうえ繁忙期はまあまあの激務だったし、愛犬に寂しい思いをさせてしまうと思ったから、同じマンションに住むワンちゃんたちに癒やされながら我慢せざるを得なかった。

それでも夢を諦めきれず、二年前に意を決してリモートワークができる会社に転職した。だけどそのタイミングで付き合い始めた元彼が転がり込んできて、しかもペット可物件だとわかっていたはずなのに犬アレルギーだと言い出したせいで迎えられなかっただけ。その後このマンションにいるとアレルギーが出るから引っ越そうと言われても、私は頑なに拒否し続けた。それもまた、元彼が私に平気でボロクソ言えるくらい幻滅した理由のひとつだったのだろう。

別れた日のことを思い返すと未だにむかつきはするものの、自分に非がなかったとは言わないし、仕方がないことだったのだと納得もできている。断固として引っ越さない私に痺れを切らした元彼に『アレルギーだっつってんじゃん、犬と俺とどっちが大事なの？』と詰められたときだって、私は答えられなかった。犬の方が大事かも、と思ってしまったからだ。あそこまで非難される謂《いわ》れはないものの、こんな女そりゃ振られるだろうとは思う。

そして元彼が荷物をまとめて出ていった翌日、私は朝一でペットショップへ走った。別れを予感していたときからずっと、もし本当に別れたら念願の犬を迎え入れようと決めていたからだ。荷物が減って広くなった部屋を眺めていると、空いたスペースで走り回っている小型犬の姿が頭に流れてきて、いても立ってもいられなくなってしまった。

その日は下見のつもりだったけれど、ケージの隅っこで人間の視線と好奇に怯えるよう震えていたこの子と目が合った瞬間ひと目惚れして、運命さえ感じた。あ、この子だ、となぜか直感したのだ。店員さんに抱っこさせてもらい、今よりも小さかったこの子が私の指をぺろぺろ舐める姿にハートを射抜かれた五分後には契約書にサインしていた。

という出会いを経てから三か月、今では私にとってかけがえのない宝だ。自称潔癖症の元彼にどれだけ言われても直せなかった（直さなかった、の方が正しいかもしれない）ズボラな性格さえ改善されつつある。大嫌いな家事も、ララのためだと思えばいくらでも頑張れる。

可愛い。大好き。愛してる。そんな言葉を何度言っても足りない。愛が溢れて止まらない。会えない時間がもどかしい。こんな気持ち、ララに出会わなければきっと知らないままだった。

という感情を人間相手に抱くことができたなら、私も星奈ちゃんみたいにひたむきに恋をして、今頃は幸せな家庭を築けていたのだろうか。そうしたら、せっかく参加した飲み会で公開処刑などされずに済んだのだろうか。

「お腹空いたよね。すぐご飯用意するから――」

ララを下ろして立ち上がった瞬間、さっきの飲み会での光景が滝みたいに流れてきた。せっかくのララタイムなのに、陰鬱な気持ちになってしまう。

――別れてどれくらいだっけ？

――別れ話したその日に出ていっちゃったんだろ？

そもそも私は元彼と別れたことを上司に言っていない。リモート中心なのだから顔を合わせる機会そのものが月に数回しかないし、会ったとしても上司への報連相は業務に関することだけで、プライベートの話などほとんどしたことがない。なんなら私を囲んでいた同僚のほとんどに、彼氏と別れましたなどとウルトラプライベートな話はしていないのだ。

私が報告というか話の流れで別れたことを言ったのは、同期入社でたまに飲みに行く女の子三人だけ。つまりその中の誰かが勝手に私の個人情報を漏洩《ろうえい》したことになる。

彼女たちは人間関係の構築が不得手な私と違って社交的だから、積極的に出社し飲み会にも毎回参加している。同僚との親睦をしっかり深めてきたのだろう。仲がいいのはけっこうだが、だからといって他人の話を無許可で言いふらしていいことにはならない。プライバシーの侵害も甚だしい。自分の知らないところで勝手に自分の話をされるのは心地が悪くて仕方ない。

コミュニケーションに重きを置き、風通しのいいアットホームな部署——と謳《うた》っているが、単になんでもかんでも筒抜けなだけだろう。

——次の相手が旦那になったらいいよなあ。でも、結婚しても仕事辞めないでくれよ？　今どき寿退社なんて古いしな。

結婚したいなんて一度も言った覚えはない。それに寿退社が古いというなら、アラサー女が漏れなく結婚に焦っているという概念も古いだろう。

私だって私なりにいろいろ考えている。なのにどうして、すべてが〝アラサー女の強がり〟で片づけられてしまうのだろう。というか、仮に私が寂しいアラサー女だとしてあんたらに迷惑かけたかよ。

という反論を、マイクを通して叫んでやりたかった。

ああ、むしゃくしゃする。なるべく穏やかに生きるため努力しているのに、年齢を重ねてそれなりに感情をコントロールできるようになってきたのに、なぜ外野に心を乱されなきゃいけないんだろう。

そもそも彼氏に振られたというだけで、なぜ傷ついて悲観的になっていると決めつけられるんだろう。アラサーにもなれば人生崩壊みたいな空気すら漂ってくる。何歳だろうが、私は失恋したくらいでこの世の終わりみたいな気持ちにならない。むしろすっきりするくらいだ。

仕事に対して積極的ではないから余計にそう思われるのかもしれない。確かに生活するために仕方がなく働いているだけだけど、それでも与えられた仕事を真面目にこなしているのに。もしも私が大好きな仕事に日々奮闘するバリキャリなら、あんなふうに言われないのだろうか。

傍から見れば、私は中途半端に映るのかもしれない。たとえそうだとしても、そんなの他人にとやかく言われることじゃないはずなのに。

恋愛か仕事。なぜそのどちらかが充実していないと、前向きに生きていることさえ認めてもらえないんだろう。

「あ……ごめん、ララ。ご飯だよね」

闇堕ちしかけていた私をおすわりしながら見上げているララをもう一度抱き上げると、ララは『ご飯は？』と不思議そうに首を傾げた。

ああ、だめだ。今日はどうしても無理だ。絶大な癒やし効果を持っているララでさえ完全には浄化しきれないくらい心が淀《よど》んでいる。

「ねえララ、たまには一緒に夜遊びしちゃおっか」


マンションから徒歩三分の距離にある『喫茶こざくら』は、ちょっと不思議なお店だった。

あまり気張らずのらりくらりとやっていこうという方針らしく、ホームページもなければSNSもやっていない。営業は完全不定期で、開いているか否かは来店してみなければわからない。今日も休みだったようだけど、どうしても飲みたい気分だったからだめもとで結季さんに連絡をしてみたら開けてくれた。

ちょっと不思議……というかはっきり言って変なのは営業に関してだけじゃなく、

喫茶店と名乗っているのにお酒の種類が豊富で、食事のメニューはほぼ居酒屋だ。しかも提供できるか否かはその日次第。

そしてなにより、

「あはは。むかつくよねえ。みんなミンチになってピラニアに食べられちゃえばいいのにね！」

この結季さんだ。

残虐なことを満面の笑みで言い放つのはいつものことだけど、今日はいつにも増してパンチが効いている気がする。

「そこまでは思ってないです。ちょっとほっといてほしいだけで」

「あれ、そうなの？」

『喫茶こざくら』は夫婦ふたりとワンちゃんで営んでいる。奥さんの結季さんはフレンドリーだからこうして話し相手になってくれるのだけど、温厚そうな雰囲気に反した毒舌の持ち主で、なんというか、その、なかなかいい性格をしているのだ。たまにひやっとすることはあるものの、結季さんに愚痴ると私以上に暴言を吐くから妙にすっきりしてしまう。

家から持参したご飯を食べ終えたララは、私のバッグを漁《あさ》り、これまた家から持参したマイボールを取り出した。

持っていたグラスをテーブルに置き、ボールをくわえているララを抱きかかえて床にしゃがむ。ララを下ろしてボールを投げてあげると、ふわふわの尻尾を振りながら駆けていく。ぷりぷりのお尻が眼福だ。

ちなみにすべてにおいて可愛いが炸裂しているララの可愛いランキングトップ3に入るのは、おすわりしている後ろ姿だ。ピンと張った小さな耳はさることながら、首からお尻にかけて描かれる美しい卵型のフォルムは、もはやアートである。

「わたしも結婚遅い方だったから、会社員のときは周りにいろいろ言われたなあ。今どきはもうそういうの言われないんだろうなって思ってたけど、いつの時代もあんまり変わらないんだね」

結季さんは膝の上にいる愛犬がララを全力で警戒していることなど気にも留めず、いつも通りレモンサワーをぐいぐい飲んでいた。

私の将来についてあれこれ助言してくるのは、なにも男性に限ったことじゃない。今日の飲み会はたまたま男性が多かったけれど、結婚や子供の話に対して容赦ないのは案外女性だったりする。男性はハラスメントを恐れて口うるさく言ってこないのだ。上司だって、あれでも相当やんわり諭しているつもりだったろうと思う。

なんだかんだ結婚はした方がいいよ。今どきは高齢出産も珍しくないけど、やっぱり若くて体力あるうちに子供産んだ方があとあと楽だよ。今は若いからピンとこないかもしれないけど、四十くらいになったら寂しくなるかもしれないよ。――ひとりで生きていけると思ってるなら、はっきり言って甘いよ。

こんなふうに受けてきた忠告は数知れない。自身が経験してきたからこそ断言できるのだろう。だけど、私にだって言い分がある。

「なんか、矛盾してませんか？　結婚した方がいいよって人には言うくせに、自分は結婚生活に対して文句ばっか言うんだから。なんだかんだ幸せだからこそ結婚を勧めるのかもしれないですけど、だからって自分の幸せがイコール他人の幸せとは限らないのに」

なかなかくわえているボールを離してくれないララとしばらく格闘し、やっと離してくれたそれをもう一度投げる。まだ遊び方が下手っぴで、取ってきたボールを私にくれるどころか勢い余って通り過ぎてしまうところも、私が投げる前から走り出すところも爆裂可愛い。

「幸せそうな人を見てたら、いいなあって思うんですよ。だけど下手に口に出したら、やっぱり結婚したいんだね！みたいな空気になっちゃうからただの雑談してるときでさえ油断できなくて。いいなあって思うのと自分がしたいって思うのはまた別問題なのに」

結婚している人を否定したいわけじゃない。むしろ生涯を共にしたいと思える人と出会えたことは素敵だと思うし、子育てに奮闘する姿は素直に尊敬する。ただ、私はその生き方を選びたいと思えないのだ。

「そうだねえ。元彼のことだって、別れた経緯も話したんでしょ？　あの話聞いて、なんで落ち込んでるって思ったんだろ。相手が彼女じゃなくても、人に向かって汚いって言う奴なんか普通にクソじゃん。わたしなら追い出したあとに隕石衝突しちゃえって思うけど」

「クソだなって私も思いましたけど、さすがに死を願うほどでは……なかったかな……」

「そうなんだ。優しいね。わたしは元彼全員地獄に堕ちろって思ってる」

やはり今日はパンチが効いている。

なかなかの暴言をあひゃひゃと笑いながら吐くから、なんだか私も笑えてきてしまう。ところでマスターが見当たらないけれど、珍しく外出しているのだろうか。

自分の暴言にひと通り笑った結季さんは、頬杖をついてじっと私を見つめた。

「わたしはくるみちゃんのたくましいところ好きだよ。湿っぽい恋愛が美徳みたいになりがちだけどさ、わたしは泣くよりも笑う方がずっと素敵だと思う。笑っていられないような恋愛ならきっぱりやめちゃえばいいんだよ。ずるずるしてたら時間がもったいない」

結季さんは、恋人に振られてばかりの私を可哀想な女扱いしないでくれる数少ない知人のひとりだった。

同情してくれた人たちは、きっと自分自身がかつて失恋をしたときに辛かったのだろう。過去の自分と私を重ね合わせ、同情し、共感しようとしてくれたのだ。あるいはまっさらな優しさや善意で慰めてくれた人だっていたと思う。

そもそも失恋が辛いのは、大前提として相手のことが好きだからだ。そして、共に過ごしてきた時間や幸せを共有した記憶、愛し愛されて築いた信頼関係などが強く残っているからだろう。ちょっと冷めたことを言えば、パートナーを失う悲しみそのものよりも、それらをすべて失ってしまうことに対する喪失感が大半を占めているのではないだろうか。幸せだった自分がいなくなってしまうような。

だとしたら、私は根本からして違う。

もちろん恋人に対して〝好き〟という気持ちはある。だけどあくまで〝私なりに〟であって、たぶん世間一般でイメージされている〝好き〟の基準よりもずっとスケールが小さいのだ。

共に過ごしていれば、幸せだと感じることはもちろんある。だけど記憶に強く刻まれるかといえばそうではない。むしろあっさり忘れてしまい、なんで覚えてないの？と怒られることが多々ある。もしかすると私にとっては〝ただの出来事〟くらいの感覚で、ずっと記憶に残り続けるほど感情が大きく揺さぶられていないのではないかと最近気づいた。

他に好きな子ができたと言われたときも、なんなら浮気をされたときでさえ、私はそれほどショックを受けなかった。恋人がずっと私を一途に、そして誠実に愛し続けてくれるなどと端から思っていないからだ。永遠を信じたこともない。いつか別れる可能性が常に頭の片隅にある。

そもそも私は、永遠を願ったり、喪失感や脱力感に苛まれたりするほど〝彼氏〟という存在に心を許せたことがない。逆に『別れよう』のひと言で他人になる相手をなぜそこまで信頼できるのか、私にはどうしてもわからない。

という、理解されたことがないどころかドン引きされる私のマインドに『わかるかも』と頷いてくれたのも結季さんだった。

親しくなったきっかけは、三年前に友人と四人で『喫茶こざくら』に訪れたときだ。なんとなく部屋の掃除をしていたら、元彼との思い出の品や写真などを見つけて懐かしくなったり切なくなったりすることがあるよね。――という話題になった。私はそういうの一切ない、そもそも元彼との思い出の品そのものが部屋にない、別れたらすぐに捨てるし写真も消去する。そう答えたら、そのときもお葬式みたいな空気になってしまった。

辛いからだよね……?と、なんとか空気を持ち直そうとする友人に問われ、正直に答えたらいよいよジ・エンドだと思った私がとりあえず頷いておこうと諦めたときだった。

颯爽《さっそう》と現れた(というか料理を運んできた)結季さんは、『容量の無駄だからでしょ?』と言い切ったのだ。それはまさに私が呑み込んだ本音だった。

いきなり話に割って入ってきた従業員に友人たちはドン引きしていたけれど、私はその瞬間、なんかもう、この人好き!ってなって、それからずっとここに通っている。

「なんでみんな、当たり前みたいに結婚結婚って言うんですかね。私は結婚したいなんて一回も言ったことないのに。……したいと思わない女だって、いるのに」

そう、年齢がどうの以前に、そもそも私には結婚願望がない。

したくないわけではない。ひとりで生きていくことに対して不安はあるし、いつかいい人と出会えたら結婚なりなんなりするのかもしれないな、とも思う。だからこそ、渋ったとはいえ最終的に元彼と同棲したのだ。

だけど初めての同棲を経てわかったのは、いかに私が人と暮らすことに向いていないかだった。

私はひとりの時間が大好きだ。ひとり暮らしを始めてからはそれに拍車がかかってしまった。だから同棲してひとりの時間が減ることも、くるみも絶対ハマるから!と大して興味の湧かない趣味を共有しようとされるのも、大して知りもしないアーティストのライブに連れていかれるのも、貴重な休日に予定を詰め込まれるのも、寝起きの時間さえ自由に決められないことも、私には苦痛でしかなかった。

心から愛している相手なら、それらはすべて〝幸せ〟になるのだろうか。趣味を共有しようとしてくれることを嬉しいと思えるのだろうか。寝起きを共にし、当たり前に『おはよう』や『おやすみ』を言い合えることに安心できるのだろうか。

だけど私は、どうしても幸せだと思えなかった。

思い返して、腑に落ちる。やはり私は、星奈ちゃんのようにひたむきに恋をしたことなどないな、と。つまるところ、私は単純に、生涯を共にしたいと思えるほど人を愛したことがないだけなのだろう。

今は特にひとりの時間を、いや、ララとの生活を満喫できている。誰に気を遣うことも囚われることもなく、ララとのびのび暮らしながらささやかな趣味に没頭できている。この最上に幸せな時間を他人に邪魔されたくないとすら思う。

そんな私が結婚なんて、あまりに途方もない話だ。

走り回って満足した様子のララを抱きかかえて椅子に座る。結季さんの愛犬は、ママの膝の上で気持ちよさそうに寝息を立てていた。

「いろんな人がいていろんな選択肢があるっていう認識がなんとなく広まってきただ

けで、どうしても〝結婚して子供を産むのが普通〟っていう認識はなかなか変わらないんだろうね。実際にそれが多数派なわけだし、わたしの周りもみんな結婚して子供を産んでる。わたしは結婚はしたけど子供がいないから、友達と集まってると、たまにちょっとした壁みたいなの感じるときはあるよ。被害妄想かもしれないけど」

結季さんとマスターは、いわゆる選択子なし夫婦なのだと聞いたことがある。

「訊いてもいいですか？」

「いいよ」

「結季さんは、どうして子供をつくらなかったんですか？」

「ほしいって思えなかったから」

結季さんらしい、至極シンプルでストレートな返答にほっとした。自分から訊いておいてなんだけど、もし複雑な理由や壮絶な経緯を経ての結論だったらと内心ひやひやしていたのだ。

話が長くなると踏んだのか、結季さんはワンちゃんを抱っこしたまま立ち上がり、厨房からお酒のおかわりと追加のおつまみをトレーに載せて持ってきた。

「わたしはどうしても子供を産んで育てたいと思えなかった。結婚すれば変わるのかなって思ってたし周りにも言われてたけど、結局変わらなかった。だからそれを旦那に正直に打ち明けて、ふたりで話し合って、子供を持たないって決めたの。あ、この子を迎え入れる前の話ね。今はこの通り超絶天使がいる」

結季さんはふにゃっと顔を綻ばせ、愛おしそうに目尻を垂らしながら膝で寝ている愛犬を撫でる。いや、愛でるといった方が正しい。愛犬と触れ合っているときしか見られない表情だ。

「マスターは、ほしがってなかったんですか？」

「結婚したら子供をつくるって漠然と思ってただけで、ほしいかって言われたらそうでもないかもって言ってたよ。ただわたしが結婚する前から子供はほしくないって宣言してたから、ほしくても言えなかっただけかもしれないけど。あの人、わたしが嫌な思いする可能性があることは絶対に言わないから。機嫌が悪くなければ」

不機嫌なマスターはちょっと想像つかないけれど、私にとっては羨ましくて理想的な答えだった。

私も、出産願望がないのだ。

もしかすると、結婚願望がない理由と直結しているのかもしれない。私の中にも〝結婚したら子供をつくる〟という〝普通〟が根づいているからこそ。

「周りには散々言われたけどね。それはもう、ありとあらゆる方面からありとあらゆることを」

詳細を省略されたことによって、逆に想像が膨らんだ。

せっかく新しいお酒と料理を出してくれたのに、なかなか手が進まない。まるでこれから私が巡る暗黒な未来の話でも聞いているような気分だ。

アラサーと呼ばれる年齢に差しかかってから、私も今まで以上に周りにいろいろ言われるようになってきた。ただでさえそうなのに、これからはもっと言われるのかもしれない。

もしかすると、たとえ願望そのものはなくとも、こういう現実に心が折れて多数派に流れることを選んだ人も中にはいるのだろうか。自分が思い描いていた未来や夢を諦めてしまった人もいるのだろうか。

「でもまあ、子供がほしくないなんて少数派だから変だって思われるのはしょうがないよね。あんまり言われるもんだからさすがに悩んだ時期もあったけど、子供を産むかどうかは結局わたしと旦那の問題でしょって開き直っちゃって。周りの意見を否定するつもりはないし、確かになって思う部分ももちろんあるけど、わたしは曲げられなかった。今思えば、やっぱり産まなきゃよかったって後悔する瞬間がきそうで怖かったのかもしれないけど」

結季さんが淡々とした口調の中で、それでも節々にさりげなく挟む本心が痛くて苦しくなる。

出産願望がない女性は、確かに少数派なのだろう。会社の先輩や上司だけではなく、学生時代の同級生もほとんど結婚して子供がいるし、まだ授かっていない子たちもいずれはほしいと言っている。不妊治療をしている子だっている。

それでも、決してゼロではない。

「少数派でも、結季さんと同じ人だっています。私もそうですし、知り合いにもひとりだけいますよ。子供がほしいと思えないって女性《ひと》」

ふと、最後に会った日の彼女の笑顔が脳裏に浮かぶ。

彼女は私が初めて就職した会社の先輩だった。彼女も私や結季さんに負けず劣らずちょっと変わり者だったけれど、芯が強くて凛としている女性だ。

四年前に結婚した彼女は旦那さんの仕事の都合で東京へ転勤してしまったけれど、私にとって憧れの存在であり、なにより大好きだった。彼女の退職は、私が転職を決意した理由のひとつでもある。

「でも……ゼロじゃないって頭ではわかってても、やっぱりなんか……少数派ってだけで、生きづらい、ですよね」

ついこぼれた言葉に、結季さんはなぜかきょとんとした。今までの話をしっぽりとまとめられたような気になっていた私は（ちょっとネガティブ気味だったかもしれないけど）思わずぎょっとする。

「私、変なこと言いました……?」

「ううん、わたし生きづらいって思ったことあったたっけなって考えてた。あと、逆に生きやすい人なんかいるのかなって。傍からどう見えてるとしても、誰だってなにかしらを抱えてて、なにかしらと闘いながら生きてるんじゃないの？」

今度は私がきょとんとしてしまった。

結季さんはちょっと癖が強いから賛否が激しそうだけど、私はこの斜め上から降ってくる意見にはっとさせられることが多い。久しぶりに、なんかガツンときてしまった。

「ほんとそうですよね。なんか恥ずかしくなりました。可哀想って思われるのが嫌だったのに、なんか自分で可哀想アピールしちゃってたなって」

「そんなもんだよ。わたしもそういうときあると思う。たぶん。知らんけど」

最後のふた言さえなければ女同士のいい感じの語らいみたいな空気でいられたのだけど、絶妙に空気を壊すのがなんとも結季さんらしい。

胸のつかえがやっと取れた私は、氷が溶けて結露ができているグラスを持ち、薄くなったレモンサワーを喉に流し込んだ。酸味が苦手らしい結季さんの作るレモンサワーはちょっと甘い。

ふとララを見れば、いつの間にか私の膝で眠っていた。キュンが爆発しそうになりながら、思う。やっぱり私は、この子がいてくれれば充分すぎるくらい幸せだと。

「ありがとうございます。なんかほっとしました。私って変なのかなとか、間違ってるのかなとか、最近そんなことばっかり考えちゃってて」

「ひとつの場所に留まってると、それが正解で自分が不正解みたいに思っちゃうよね。逆に、自分が正解で他人が不正解みたいに思っちゃうときもあるけど。だからいろんな人に会っていろんな話を聞いた方がいいよ。考えが凝り固まったって、いいことなんか全然ないから」

ちょっと涙腺が緩んでしまい、とっさに天を仰ぐ。ふいに時計が目に入ると、いつの間にか深夜一時を過ぎていた。ちょっと長居しすぎたし、ララに申し訳ないけれど、たまにはこういう日が必要なのだ。

*

『喫茶こざくら』に行った日から一週間が経っても、あの日の会話の余韻が抜けきらなかった。それは私がほしかった言葉をもらえたからなのだろう。理解を示してくれる人がひとりでもいれば、それは大きな心の支えになる。

お会計を済ませたタイミングで帰宅したマスターと結季さんのバトルも忘れられない。どうやらあの日お店を閉めていたのは結季さんが体調を崩していたからで、マスターはそんな結季さんを放っていそいそと推し活に行っていたそうだ。結季さんがいつも以上にパンチが効いていた理由が判明した瞬間だった。

この夫婦も喧嘩するんだな、いやこれは喧嘩じゃなく一方的な攻撃だ、マスター泣きそうになってる、でも残念ながらマスターが悪いと思いますよ、と呆気《あっけ》に取られながらしばらく静観してしまった。

お店を開けてくれたのは、言わずもがな私が連絡したからだろう。体調不良の中深夜まで付き合わせてしまった件について謝ってから帰りたかったけれど、結季さんの容赦ない理詰めがどんどんヒートアップしていくものだから、飛び火の危機を予感した私はそそくさと退散したのだった。また後日改めて謝ろうと思う。

「おねえさん！」

休日の昼間、近所を散歩しながらララがぷりぷり振る尻尾とお尻に悶絶していた私を呼び止めたのは、幼い子供の声だった。

振り向くと、二歳くらいだと思われる男の子がとたとたと私に駆け寄ってくる。

「おとちまったよ！」

運動会の宣誓さながらに全力で叫んだ彼は、私に向けて水色の袋を差し出した。おそらく『落としましたよ』と言いたいのだろう。見覚えがあるし紛れもなく私の落とし物なのだけど、中身はララのうんちだ。それを知る由もなく百パーセント善意で拾ってくれたのだろう彼にちょっと申し訳なくなりながら、同じ目線になるようしゃがんで「ありがとう」と受け取ると、彼は誇らしさと照れをブレンドしたような顔で大きく頷いた。

「すみません、いきなり声かけちゃって」

声と同時に、視界の端に近づいてくる人影が映る。この子のお母さんだろうと見当をつけて立ち上がった。

「いえ、拾ってくれて助かりました。ありがとうござ……い……」

あまりの驚きに、お礼を言いきれなかった。

「凪紗《なぎさ》さん？」

彼女も「くるみちゃん？」と目を丸くした。

凪紗さんは、私がかつてお世話になっていた、大好きな先輩だ。結季さんに話した『子供がほしいと思えない』と言っていた女性。

久しぶりに思い出した人からいきなり連絡が来たり、偶然再会するという不思議なことは、まれにあったりする。だけど凪紗さんは東京に住んでいるはずだ。まさかこんなところで会うなんて、さすがに偶然が過ぎる。

「久しぶりだねー。元気にしてた？」

「あ、はい、元気です……けど……なんでここに？」

凪紗さんの手をぎゅっと握りながらじっと私を見上げている男の子を思わず凝視してしまう。確認するまでもなく凪紗さんの子供なのだろう。疑う余地もないくらい顔がそっくりだ。

「話せば長くなるんだけど……そうだ、くるみちゃん、急だけどこのあと時間ある？　よかったらお茶でもしない？　久しぶりに話したいし」

私も話したいことや訊きたいことが山ほどあるから、凪紗さんの提案にぜひと頷いた。

子供も連れていくのかと思いきや、旦那に預けてくるから待っててと言われたので、一旦その場で待機した。するとものの五分で戻ってきた凪紗さんが私の家に行ってみたいと言ったので、ララに寂しい思いをさせなくて済むし、なによりゆっくり話せると思った私は承諾した。

ララという存在のおかげで人を招いても引かれない程度には片づいているものの、難点はある。

私は友達が少ない。ましてや家に呼ぶような友達はいない。昔はそれなりにいたけれど、各々の環境が変わるにつれてどんどん疎遠になってしまったのだ。おまけにお洒落な食器や洋菓子を集める趣味もない。つまりお客様をおもてなしできるような代物が皆無なのだ。

どっちが家の主か疑わしいほどそわそわしていると、凪紗さんが「お菓子とお酒があれば最高」と言ってくれたので、遠慮なく缶ビールとスナック菓子をテーブルに並べた。洗い物が増えるからビールは缶のまま、スナック菓子は袋のまま。

ああ、これだ、と思う。

よく自分たちの女子力のなさをネタに自虐を飛ばしまくって爆笑していたことを思い出し、頬が緩んだ。変わらない凪紗さんに緊張が解けていく。

お互いがごり押ししているメーカーの缶ビールで乾杯した。

「凪紗さん、東京に住んでるんですよね？　帰省中ですか？」

「違う違う。旦那が札幌勤務になったから一か月くらい前に戻ってきたの。くるみちゃんに連絡しようと思ってたんだけど、バタバタしてたからなかなかできなくて。驚かせちゃってごめんね。でも今日会えてほんとによかった」

私に連絡できなかったのではなく、しなかったのではないだろうかと思った。

凪紗さんは退職して札幌を離れたあと、最初は二、三か月に一度くらいのペースで帰省していた。そのときは必ず連絡をくれたし、もちろん私も会いたかったからすぐに飛びついた。だけど、同じ会社に勤めている独身という共通点がなくなり、以前のように会話が弾まなくなってしまったのだ。凪紗さんといて話が途切れたことなどなかったのに。

どれだけ親しい間柄でも、道が分かれれば必然的に、ゆるやかに距離ができていく。当時二十五歳だった私は、それをすでに知っていた。凪紗さんだって言わずもがなだろう。

そうして次第に連絡を取り合う頻度が減り、会うこともなくなり、やがて凪紗さんが出産したらしいと風の噂で聞いた。

大好きな気持ちは変わらなかった。だけどそれでも、もう凪紗さんと会うことはないかもしれないと思っていた。凪紗さんも私と同じように考えていたのではないだろうか。

「でも、退職したときに、しばらくは札幌に戻ってこれないと思うって言ってませんでした?」

「そのはずだったんだけど、旦那が札幌に異動希望出してたら案外あっさり通っちゃったみたいで。札幌に戻れるって旦那に言われたとき、嬉しいより唖然《あぜん》としちゃった。くるみちゃん送別会であんなに泣いてくれたのに、なんかごめんね。感動のお別れが台無しだよね。友達とだって今生の別れくらいの勢いで離れたのに、あっさり戻ってきちゃって恥ずかしいんだけど。こないだ集まったとき笑われたし」

いつも聞き役だった凪紗さんがこんなに喋るのは珍しい。明らかにテンションが高いし、私との再会を喜んでくれているのだろうか。

「台無しなんかじゃないですよ。友達もみんな内心めちゃめちゃ喜んでると思います。私もびっくりはしましたけど、戻ってきてくれて嬉しいです」

戻ってきてくれて嬉しい。それは紛うことなき本心だった。

私にとって凪紗さんは、気を許せる数少ない貴重な人だったのだから。

「ありがとね。くるみちゃんっていくつになったんだっけ？　あれ、こんな訊き方おばさんみたい」

「そんなことないですよ。二十八になりました」

「そっかあ。結婚のこととか突っ込まれるでしょ」

いきなりアッパーを繰り出してくるところが凪紗さんらしい。

ふと、以前凪紗さんが私に向けて吐いた弱音を思い出す。

いつだったか、自分は人を傷つけてしまう人間だと言っていた。確かにはっきりした性格の凪紗さんに対して〝怖い〟と感じてしまう人も中にはいるのだろう。だけど察するのが不得手で遠回しな言い方をされるのが苦手な私は、ストレートな物言いをする凪紗さんが好きだった。

「だいぶ突っ込まれるようになりました。実は三か月前に彼氏に振られたんですけど、なんかもう人生詰みかけのアラサー女みたいな扱いされちゃったりして。今でも私は結婚も子供も願望ないんですけど。なんでか勝手に崖っぷち女にされちゃうんですよね」

しまった、と思う。結婚して子供を産んだ人に対して願望がないなんて、無神経だっただろうか。

私の焦りをよそに、凪紗さんは柔和に微笑むだけだった。

「わたしも周りにすごい言われてたなあ。ううん、もっと早くから言われてたかも。地元に残った友達は、二十五くらいまでにはほとんど結婚してたから余計に」

「二十五って、早くないですか？　私の友達も今はほとんど結婚してますけど、それくらいのときはまだ独身の子けっこういましたよ」

「わたしの地元は田舎だからね。仲間内だとわたしが一番結婚遅かったと思う」

〝結婚〟というワードが出た以上、私も凪紗さんに訊きたいことがある。

久しぶりに再会していきなり深い内情に切り込むのはやや気が引けるけれど、凪紗さんならきっと答えてくれる。

「凪紗さん……子供がほしいと思えないって言ってましたよね」

「うん」

「やっぱり、結婚したら気が変わったんですか？」

「それもあるよ。日向《ひなた》は子供が好きだし、お互いの両親に孫の顔を見せてあげたいなって思うようになった」

凪紗さんの旦那さんである日向さんとは、私も何度か会ったことがある。口調や笑顔が陽だまりみたいに暖かくて穏やかで、包み込むような優しさが全身から滲み出ている人だ。

わたしに日向はもったいない。凪紗さんはよくそう言っていたけれど、私から見れば太陽と月みたいで素敵だし、ふたりが醸し出す、晴れた日の昼下がりの公園みたいに和やかな雰囲気が大好きだった。

「ごめん、なんか大人ぶった。ていうか建前だ」

「え？」

「今言ったことも本当だけど、結婚したからには子供を産まなきゃいけないっていう責任感みたいな、もっと言えばプレッシャーみたいなのに押し潰されちゃったのかも」

凪紗さんが一本目の缶ビールを飲み干し、空き缶をテーブルに置く。

カツン、と乾いた音が小さく響いた。

「結婚して東京に行ってちょっと落ち着いてきた頃に、日向に子供がほしいって言われたの。びっくりしたよ。付き合う前だったけど、子供はほしくないって話してたはずなのになあって。仕事も見つけたばっかりだったし」

そこまで話した凪紗さんは、もう一本もらっていい？と悪戯っぽく笑った。ちょうど私のビールも空になったので、急いで冷蔵庫から缶ビールを二本取り出す。一本を凪紗さんに手渡すと、すぐさまプルタブを開けた。

「昔の話だから忘れてたのかもしれないし、結婚したらわたしの気が変わるって思ったのかもしれない。そもそも結婚願望ないって言ってたのに結婚したわけだしね。もしかしたら、単純になにも考えずに言ったのかもしれない。どれだったのかはわからないけど……正直、ちょっとショックは受けたかな」

凪紗さんの表情や口ぶり、そしてなにより今現在子供がいるという事実からして、日向さんの願望を断れずに受け入れたのだろう。

子供がほしい。無邪気に笑ってそう伝えた日向さんの顔がはっきりと想像できる。

「願望がないって、もう一回伝えた方がよかったんじゃないんですか？　日向さんならきっと、凪紗さんの話聞いてくれましたよ」

「そうだね。だけどあのときは言えなかった。日向ももう三十一だったし、友達みんな子供がいるから焦りみたいなのもあったのかもしれないし。……今思えば、日向に幻滅されて見捨てられるのが怖かったんだと思う」

最後に付け足されたひと言が意外だった。愛する人に幻滅されるのが怖いというのは当たり前の感情だと思うけれど、凪紗さんが〝見捨てられる〟なんて依存めいた台詞を言うなんて。

それほど日向さんが好きだということなのか、あるいは。

凪紗さんは、誰ひとり知り合いがいない見知らぬ土地に行ったのだ。少なくともその瞬間の凪紗さんには日向さんしかいなかったのだろう。凪紗さんの孤独を想像して、胸が苦しくなる。

「わたしに子供願望がないっていうだけで、日向は自分の子を持てない。両親だって初孫を待望してたと思う。わたしひとりのわがままで周りの人たちまで道連れにするみたいだなって考えたら、自分が悪者みたいに思えてきちゃったんだよね。それにほしくてもできなくて苦しんでる人だっているわけだから、わたしの悩みなんか贅沢なんだろうなって」

凪紗さんの口からは自虐こそよく出てきたけれど、ここまで弱音を吐く姿を見るのは初めてだった。もしかすると、頭の隅に追いやっていた過去の記憶が溢れてしまったのかもしれない。

人の言葉というものは、そのときは気にしていなくても、いくら平気だと思っていても、ふとした瞬間によみがえり、時に支配する。心が弱っているときであればあるほど、まるで土石流みたいに襲いかかってくる。

「それからは、生理がくるたびに正直ものすごくほっとした。だけど同じくらい自分に幻滅するの。ああ、わたしは心の底から子供を望んでないんだな、きっと母性がごっそり欠落してるんだろうな、こんな気持ちのまま子供をつくったりして本当にいいのかな、わたしはちゃんと喜べるのかなって。……喜べる自信がないな、って。ずっともやもやしたまま過ごして、日向に正直に打ち明けるか悩んでるうちに、妊娠しちゃって」

冗談めかして笑う凪紗さんに、経緯や発覚した瞬間はどうあれ、最終的には喜べたのだろうと見当がついた。

だとしたら私も笑顔を作るべきだ。わかっているのに頬が固まって動かない。むしろみるみる気分が沈んでいく。

「今は……幸せ、ですか?」

「うん。それは自信を持って言える」

「やっぱり……結婚して子供を産んだ方が、幸せなんですかね」

今ならわかる。大好きだった凪紗さんと疎遠になることをあっさり受け入れてしまったのは、寂しかったからだ。わかり合えていたはずの、数少ない理解者だと思っていた凪紗さんと道が分かれてしまったことが。

私は最低だ。大好きな人の幸せを喜べないなんて。

「子供がお腹にいるときね」

唐突に言った凪紗さんは、まるで自分を鼓舞するみたいに缶ビールを呷《あお》った。

「わたし、愛おしいなんて思えなかったんだよ」

想定外すぎる告白が鼓膜に響き、胸がざわついた。凪紗さんは握っている缶ビールに視線を落としながら続けた。

「わたしはつわり重い方で、ろくに会社に行けなかったし、たまに出社しても業務なんかこなせないし早退してばっかり。そんなんだから白い目で見てくる人もいた。迷惑かけてるってわかってるのに、産休までは頑張って働きたいのに、体は言うことを聞いてくれない。だから、ただひたすら謝ることしかできなかった」

決して凪紗さんの被害妄想ではないことを、私は知っていた。

社会人になってから、そういう女性を何人も見てきた。そして、迷惑だと陰口を叩く同僚も。

「家にいてもずっとトイレにこもってて。もちろんご飯なんか食べられないし、水すらまともに飲めなかった。どんどん感情のコントロールが利かなくなって、八つ当たりばっかりしてたらさすがの日向も怒って、初めて大喧嘩したりして」

必死に頭を回転させて想像する。いや、経験のない私には想像することしかできなかった。

凪紗さんの孤独を。

「つわりが収まってちょっとは楽になるかと思ったら大間違いだよ。お腹の中で赤ちゃんが動くたびに痛いし、胃が押されるから吐きそうになるし。しかもわたしが寝てるときに限って元気に動き回るんだよ。だから夜中に何度も痛くて起きちゃって毎日寝不足だし。……間違いなく我が子なのに、頭ではちゃんとわかってるのに、自分の体の中に得体の知れないものがいるような気がして、怖くて、気持ち悪くて仕方がなかった」

話し終えた凪紗さんの表情がまるで怯えているみたいに見えるのは、きっと気のせいじゃない。私の反応が怖いのだろう。

ふう、と息をついて顔を上げた凪紗さんは、冗談めかして笑った。

「引いた?」

「いえ、びっくりはしましたけど……でも引いたりしません、絶対に」

よさげな台詞なんてなにひとつ浮かばなかった私は、本心だけを口にした。

引くわけがない。話している最中の凪紗さんの顔は恐ろしく曇っていた。嫌悪さえ感じさせる表情だった。それは同僚の心ない態度に対してでも、自分の体を蝕む我が子に対してでもなく、自分自身への嫌悪だと感じた。

「ありがとう。わたしもなんかすっきりしたよ。くるみちゃんに打ち明けてよかった」

こんなに苦しい話を、今まで誰にも打ち明けられなかったのだろうか。

「昔ね、友達に言われたの。出産は絶対に女にしか経験できないことでしょ? だから、女に生まれたからにはこの幸せを経験してほしいって。今はその気持ちがわかるし、子供がほしいなら産んでほしいって思う。さっきも言ったけど、今は幸せだから。産んでよかったし、出会えてよかったよ。今はもうあの子がいない人生なんて考えられない」

凪紗さんの告白に対してマイナスな感情を抱かなかったのは、言われずともそれを理解していたからなのだろう。

凪紗さんが子供に向けていた目は、愛情に他ならなかった。

「だけどそれは結果論でしかないから。わたしは特に、願望がないっていう気持ちもよくわかるし。それに今だって、正直、可愛いなんて微塵も思えない日だってある。きっとこれからもずっと、もしかしたら今以上に、大変なことも辛いこともたくさんあるんだと思う。いくら幸せを感じる瞬間がたくさんあったとしても、だからってそれが全部帳消しになるかって言われたら、わたしは全然ならないと思うんだよ。だからわたしは自分の選択を、マイナスな部分を隠して幸せの形みたいに押しつけたくない」

年齢を重ねるごとに〝幸せの形〟を押しつけられる機会が増えていく。結季さんが言っていたように、自分の生き方が間違っているように感じて、呼吸をすることさえままならなくなってしまう瞬間が増えていく。

息苦しいと思う瞬間が、何度も訪れる。

「わたしが言うのもなんだけど、そんな意見もあるんだなーって参考程度に思っとけばいいんだよ。結婚して子供を産めばなにも言われなくなるって思ってたけど、そんなの大間違いだったもん。ふたり目は？とか、次は女の子がいいねって言われるようになっちゃった。ひとり育てるだけでいっぱいいっぱいで、ふたり目なんてとても考えられないのに。わたしのキャパなんか二の次でどんどん〝次〟を求められるの。仕事だってそうでしょ。どんな選択をしたって、こういうのはきっと終わらないんだよ」

「……ほんとですね。なんかもう、そう考えたらどうでもよくなってきました」

「それでいいんだよ。いろんな人がいて、いろんな意見がある。なにをしてもなにか言われる。ゴールテープを切れば静かになるのかもしれないけど、そんなのどこにもないでしょ。だから、なにかに囚われる必要なんてない。自分の生き方は自分で決めていいんだよ。自分が幸せならそれでいいの」

凪紗さんの言葉にこの上なく安堵しながら、同時に自分を恥じた。

なぜ私は、凪紗さんは変わったのだと思い込んでしまったのだろう。道が分かれたからといって、もうわかり合えないと決めつけてしまったのだろう。

きっと、凪紗さんに対してだけじゃない。今までだって私は、表面だけで判断し、その人が見せたほんの一部をすべてだと思い込んでいたことが何度もあったのだと思う。

なぜ自分と違う人を受け入れられないのだろう。自分の目に映っているものばかりが真実に見えてしまうのだろう。背景や心情など知りもせずに。知ろうともせずに。決めつけや思い込みで羨望し、嫉妬し——時に非難し、嘲り、見下し、排除したくなってしまう。

たとえ自分とは違っていても、ただ静かに見守る。言葉にすればたったそれだけのことが、なぜこんなにも難しいのだろう。

共通の話題がなくなったことを悲観するのではなく、もっと凪紗さんの話に耳を傾ければよかった。もっと私の話を聞いてもらえばよかった。違う道を選んだとしても、それでも凪紗さんと話したいことがたくさんあったのに。

「凪紗さんと会えて、よかったです。本当に。また会ってくれますか？」

「当たり前じゃん。また会おう。実はびっくりしたんだけど、わたしすぐそこのマンションに住んでるの。『ルミエール小桜』って覚えてる？」

「えっ、ほんとにすぐそこじゃないですか。あれ、確か東京行く前にも住んでたマンションですよね？」

「うん、なんかよっぽど縁あるみたいで、いろいろ偶然が重なって舞い戻っちゃった。それはまた今度話すよ。よかったら次はうちに遊びに来てね。日向も会いたがると思うし」

「行きたいです。時間あるときいつでも連絡してくださいね。私もするので」

私は知っていた。どれだけ親しい間柄でも、道が分かれれば必然的に、ゆるやかに距離ができていくことを。

人は変わる。環境も変わる。だから変わらない関係を続けることはきっと難しい。だけどそれでも、会いたい人がいる。ずっと心の中に温かい光を灯し続けてくれる人がいる。本当は失いたくなかった人がいる。たとえ形が変わっても、繋がっていられる人がいる。

余計なことは取っ払って、会いたい人に会おう。そんなことを、思った。

＊

凪紗さんと再会した翌日の夕方、私は学生時代によく通っていたすすきのの居酒屋に来ていた。スマホでペットカメラを確認して癒やされながら、待ち合わせの相手を待つ。

ゆうべ凪紗さんがいなくなった部屋でララを抱きしめていた私の頭に、ある人物の顔がよぎった。いつもならいきなり誘ったりしないのに、昨日ばかりはいても立ってもいられずに連絡をした。たぶん、人と話したい気分だった。

連絡をしたのは、高校時代の同級生である藍《あい》だ。

しばらく会っていないからメッセージを送ったあと少し緊張したけれど、〈久しぶり！　会お会お！　いつ？　明日？　なんなら今から？〉とノリノリで返ってきたのだった。夜遅くまでララを留守番させるわけにはいかないので、明日にしようと返信し、待ち合わせの時間と場所を決めて今に至る。

藍は高校時代の同級生とはいえ、当時から親しいわけではなかった。同じクラスに籍を置いている以外に共通点はなく、話したこともほとんどない。いずれ友達と呼べる存在になるなんて露ほども思っていなかった。

学生時代からひとりでいることを好んでいた私は、今思えばいわゆるぼっちだったのだろう。グループに属してはいたけれど、トイレや教室移動は基本的にひとりだった。派手な外見に憧れはなかったから髪を染めたり制服を着崩したりもしていなかったし、さぞかし地味な生徒だったと思う。

対して、藍はギャルだった。つまりいわゆる陰キャの私と陽キャの藍は、天変地異でも起きない限り相容れないはずだった。

そんな藍と親しくなったのは、天変地異が起きたからではない。たまたま同じ大学の同じ学部に進学したからだ。

入学式から間もなくして、藍はごく自然に話しかけてきた。まるで以前から友達だったかのように、いきなり私を下の名前で呼びながら。ギャル恐るべしと度肝を抜かれたが、藍は私が唖然としているうちに、あっという間に距離を詰めてきたのだった。

正直、最初はかなり警戒していた。単にひとりでいることに恥ずかしさや抵抗があり、仕方がなく顔見知りの女にくっついているだけなのだと思っていたからだ。

だけどその疑いは私の卑屈さに他ならなかった。いや、ひとりでいることに抵抗があるのは間違っていなかったのだけど、それは単に藍が人懐っこく楽しいことが大好きで、ひとりでいる人を放っておけない、根っから明るくて優しい子だからなのだ。そして、大して親しくもない相手にいきなり声をかけられるのは断られる可能性など微塵も頭にないからだと思っていたけれど、断られてもいちいちめげないメンタルの持ち主だったのだ。

たまについていけないところはあれど、案外気が合うところもたくさんあり、いつしか藍といることが心地よくなっていった。

学生時代は絶対的な壁に感じていたスクールカーストというものは、得てしてあやふやなものだなと思う。

いや、あるいは藍が例外なのかもしれない。

待ち合わせ時間から十分遅れて到着した藍は、さっそく生ビールを注文して一気飲みした。相変わらずのマイペースさと豪快さに懐かしさを覚えながら、ひとまず遅刻したことを謝罪させた。

「てかくるみ久しぶりだねー！　連絡来たときめっちゃびっくりしたー！」

「ごめんね、急に誘っちゃって」

「えなんで謝んの？　嬉しかったよー！　くるみに会いたかったし！」

底抜けに明るい藍に、ほっと胸を撫で下ろす。

藍と疎遠になってしまったのもまた、道が分かれてしまったからだった。

出不精で連絡不精な私に対し、藍はアクティブでずっとスマホが鳴っているようなタイプ。ただでさえ正反対な私たちは、大学を卒業して社会に出ると次第に疎遠になっていった。同じ大学に通い毎日のように顔を合わせる機会がなくなったのだから、もはや必然だったのだと思っていた。

だけど私にとって藍は凪紗さんと同じように、ずっと心のどこかに住み続けていたひとりだった。

社会人になってから、藍のＳＮＳに高校時代のギャルたちや私の知らない会社の同僚だろう子たちが頻繁に出てくるようになり、藍の生活から私がいなくなっていることを知った私は、そっとフェードアウトしていった。私と藍の関係性はただ同じ大学という共通点のうえに成り立っていただけで、たとえ一時期どれだけ親しくしていたとしても、やはり私と藍は違うのだと。

今思えば、あのときも私は、少なからず寂しかったのだ。心の奥底で境界線を引いていたのは私自身だったのに。

我ながら勝手で面倒な女だ。

「あのさ、藍。今だから言えるんだけど」

ひと通り近況報告を終えた頃には、すっかり酔いが回っていた。序盤は緊張をほぐすため、そして中盤からは藍との時間が楽しすぎたため、ちょっとピッチが速すぎた。

「大学に入って藍が私に話しかけてくれたとき、正直すごいびっくりした。うわあなになにギャル怖いんだけどどって」

「え、なにそれ」

「なんならちょっと引いたんだけど。気づいてなかったの？」

「全然。同クラだったのになんかすごい他人行儀だなーとは思ってたけど、人見知りなのかなって。だったらあたしからぐいぐいいかなきゃなーって」

どこまでも私と正反対な藍に改めて驚きながら、だけどこういうところが心地よかったのだなと思う。ときどきマイナスな方向にばかり考えすぎてしまう私にとって、藍のポジティブさや鈍感さはある意味救いだった。

「えてか、まさかあたしのこと嫌いだったとか？　最近知ったんだけど、あたしみたいなのってあんまり好かれないんでしょ？　ＳＮＳで『学生時代こんな陽キャいた』みたいなの流れてくるんだけど、そういう系あたしほとんどコンプリートしてるんだよ。こないだ『ピンクのワイシャツ着てる奴だいたいやばい』みたいなの見て、さすがにちょっとショックだったもん。知らないとこですごい嫌われてたんじゃんって思って」

よほど衝撃の事実だったようで、藍はまるで演説みたいに身振り手振りを交えて話す。

「違うよ。嫌いなんかじゃない。ごめん、そういう意味じゃなくて」

教室の中心で騒いでいる派手な子たちを、遠巻きにちょっと冷めた目で見ていた部分は否めない。だけどそれは、嫌いだったからじゃない。むしろ逆だ。

きっと、心のどこかで憧れていた。可愛い髪型も流行りのメイクも、ピンクのワイシャツも。自分とは違う世界を生きている彼女たちが眩しかったのだ。

「びっくりしたのは、なんで私みたいなのに話しかけてくれるんだろうって方だよ。高校のとき、私地味でぼっちだったじゃん。むしろ私の方が嫌われてる……っていうか、眼中にないんだろうなって思ってたから」

「え、そんなわけなくない？　確かにあんま話したこととかなかったけど、眼中にないとか何様だって感じだよ。てか、くるみのことぼっちだとか思ったことないんだけど。確かにひとりでいるとこよく見かけたけど、普通に友達だっていたじゃん。それにあたしはひとりでいるの無理だからさ、むしろあの子強いなーかっこいいなーって思ってた」

藍にそんなふうに思われていたなんて初耳だった。

大学の頃はいろんな話をしたし、それなりに藍のことをわかっているつもりだったけれど、お互いの印象すらろくに知らなかったらしい。

相手のことをわかった気になっていただけで、きっと、まだまだ知らないことがたくさんあるのだ。藍だって、まさか私が寂しかったなんて想像もしていないだろう。

「ねね、いきなりぶっ込むけど、くるみって今彼氏いんの？」

「いないよ」

「そっかあ。実はあたしもこないだ別れたばっかでさあ。結婚すると思ってたからだいぶ落ち込んだ。うわー人生しんどーってなってたけど、でも今日くるみに会って元気になったー！」

とても最近まで落ち込んでいたようには見えないけれど、藍のことだからぶわーっと泣いてぱっと立ち直ったのだろう。失恋するたび私に泣きついてきた頃のことを思い出し、ふっと口元が緩んだ。

「もっかいぶっ込むけど、くるみって今でも結婚願望ないの？」

この歳になると、この話題は避けて通れないのだなとつくづく思う。

「そうだねえ。藍は結婚したいんだ」

「したいよ。……あのさ、くるみ。これ誰にも言ってないんだけど」

珍しく藍が声を潜めた。

「あたし、実は今バイトで食い繋いでるんだよね」

「え、そうだったの？」

「うん。大学卒業して就職したとこ、一年くらいで辞めたじゃん？　で、次の会社も三年くらい働いたんだけどなんか合わなくて辞めちゃって」

ここまでは知ってるよねと問われ、うん、と返す。藍とあまり会わなくなったのはちょうどその頃だった。

「まあまあ貯金あったから、転職先すら探さないで辞めちゃったのね。一回目のときあっさり転職できたから、次もまあなんとかなるっしょって感じで。そしたら全然就職先見つかんなくなっちゃって。貯金も底尽きちゃったから、とりあえず派遣登録したりバイトしたり、ずっとふらふらしてる」

「そうだったんだ。全然知らなかった」

「ほんと誰にも言ってなかったから。あたし特技とかなんにもないし、やりたい仕事とかもないんだよ。もう軽い気持ちで転職できないって身に染みたから、次に就職できたらその会社で一生働かなきゃいけないんだって思ったら、余計にもうどうしていいかわかんなくなっちゃって。だったらもういっそのこと、今みたいにふらふらしてる方が性に合ってるかもって」

人と話すときは必ず目を合わせる藍が、ゆっくりと私から視線を逸らした。

「でも、こんなのだめじゃん普通に。実際、二個目の会社辞めたときもけっこう友達に怒られちゃってさ。いつまでふらふらしてんの、しっかりしなよ、大人になんなよ、みんないろんなこと我慢して働いてんだよって。だから今も、友達には見栄張って普通に社員やってますみたいな顔してる。だから……そりゃ単純に結婚したいんだけど、最近はなんか、うまく言えないんだけど……結婚して子供産んだらそっち側にいけるのかな、みたいに、思うようになってきちゃって。保険っていうか、……まあ、逃げ、だよね」

いつもはつらつとしている藍の声が、どんどん萎んでいく。

「別に子育てが楽だなんて思ってないよ。ただあたしは結婚して子供産むのが夢だから。外でやりたくもない仕事を無理して続けるくらいなら、早くそうなってそっちに専念したいっていうのはほんと。……ただ、今はもうそれだけが理由じゃなくなってきちゃったってだけで」

口を閉じた藍は、昨日の凪紗さんと同じ顔をしていた。

誰だって、人に本心を打ち明けることは怖い。自分が正しくないと自覚しているからこそだろう。

「うん、なんとなくわかるかも」

きっと、結季さんが子供をつくらなかった理由は『ほしいと思わなかったから』だけじゃない。凪紗さんが子供をつくった理由は、責任感やプレッシャーを感じたからだけじゃない。私だって結婚も子供も願望がない理由はひとつやふたつじゃない。

なにをするにも、理由はひとつじゃなくなってくる。簡単に口にできないことが増えていく。単純明快ではいられないのだ。

「私はそれがだめなことだなんて思わないよ。藍の人生なんだし、いいか悪いかなんて誰にも決められない」

私だって、なにかがずれていたら藍みたいにフリーターとして生きていたかもしれない。もしかすると、結婚に逃げたくなっていたかもしれない。

私はたまたま条件がいい会社に転職できて、楽しくはないけど苦というほどでもない仕事に就けた。単に運がよかっただけなのだ。

「ありがと。正直、くるみならそう言ってくれるかなって思ってた」

明るく笑った藍は、「それでさ」とスマホを私に向けた。切り替えの早さに圧倒されてしまう。

「実はマッチングアプリ登録してんの」

「え、そうなの？　大丈夫？　変な人とかいない？」

「いるっちゃいるけど、会うときにちゃんと工夫すれば大丈夫だよ。昼間に人が多い店で会うとか、お酒は飲まないとか、短時間で切り上げるとかいろいろ」

人懐っこすぎる藍に心配させられることが多々あったけれど、意外としっかりしていたことに驚きつつ「なるほど」とだけ返した。

「てかくるみってすごいよね。なに話しても引いたりしないんだもん」

「え、なんで？　マッチングアプリくらい別に引かないよ」

「バイト先の人に言ったとき、それ結局出会い系でしょとか、そこまでして彼氏ほしいのとか言われちゃったりして。二十八にもなって恋愛脳かよみたいな。あたしの職場女の人が多いんだけど、独身率高いからさあ。専業主婦になりたいってぽろっと言っちゃったときなんか、男に依存して生きるの？って言われたもん。……まあ否定できないんだけど。ＳＮＳ見てても結婚したくないって人増えてるみたいだし、なんかだんだん結婚したいって言いにくくなってきちゃって」

――生きやすい人なんかいるのかな。

結季さんの言う通りだった。私からすれば藍は明るくて素直で生きやすそうなのに、藍は藍なりの苦悩があるのだ。

私たちは当たり前に、何度も〝多数決〟を経験してきた。だからこそ、多数派が正解で少数派が不正解だと——自分ばかりが生きづらいのだと思い込んでしまっていたのかもしれない。そんなの、ごく狭い世界の話でしかないのに。

生き方に、正解も不正解もないはずなのに。

「結婚に焦ってるって、そんな痛いかなあ。だってひとりで生きていくのは寂しいし、怖いし、誰かに支えてほしいじゃん。だけどもう昔みたいに、恋愛に対して一生懸命になんかなれないじゃん。夢中になれるような相手もいないじゃん。はっきり言って仕事とか年収とかも大事じゃん。だから条件をすり合わせられるマッチングアプリが手っ取り早くない？」

「確かに。いいね、シンプルで。藍らしい。私の職場は逆に結婚してる人ばっかりだから、もはや結婚が正義みたいな空気になってるよ。もうすぐ三十路だぞとか言われるし。だからなに？って思う」

「え別によくない？　あたしはくるみのこと強くてかっこいいなって思うよ。あたしには絶対できない生き方だもん。もうさー、好きに生きさせてくれよー」

「ほんとだね」

誰も間違ってなんかいない。

子供を産まない選択をした結季さんも、子供を産む選択をした凪紗さんも、将来の保険として結婚を目標にしている藍も、そして結婚するつもりがない私も。

善意だろうが悪意だろうが、他人にとやかく言われる筋合いなどないのだ。

「ねえくるみ、まだ時間大丈夫？」

「うん」

「じゃあ久々にカラオケ行かない？　オールしちゃわない？」

「ごめん、それは無理。今ワンちゃん飼ってるから。ご飯あげなきゃいけないし」

「ええーあたしも無理ー寂しー」

寂しい、と素直に言える藍が羨ましい。私ももっと早く気づいて口にできていたら、勝手な思い込みで凪紗さんや藍と疎遠になることはなかったのだろう。

「じゃあ、私がよく行くお店で飲む？　そこならワンちゃん連れていけるから」

「え、いいの？　行く行く。ワンちゃん大好きだし全然話し足りなくて無理」

今日はまた夜更けまで飲むことになりそうだ。私もまだまだ話し足りない。明日は仕事だけれど、多少寝不足でもなんとかなるだろう。一応帰りにエナジードリンクでも買っておこうか。

たまには、こんな日が必要なのだ。

ララを迎えにマンションへ向かう途中、ごった返しているすすきのの街中で懐かしい人の姿を見かけた。

「くるみ、どしたの？　知り合いでもいた？」

「あ、うん、ちょっと」

視線の先にいるのは元彼だ。隣には同年代くらいの女性がいる。もしかして、新しい恋人だろうか。

楽しそうに笑っている姿を見ても、マイナスな感情は湧いてこないのが不思議だった。別れ方が最悪だったせいでしばらくは嫌な思い出しか浮かばなかったし、二度と会いたくない、顔も見たくないとまで思っていたのに。

散々愚痴を聞かせてしまった結季さんにこんなことを言ったら、鼻で笑われてしまうだろうか。

私は、元彼全員地獄に堕ちろとは思えない。仮にも一度は好きになって、二年も生活を共にした人なのだ。幸せな時間も確かにあったし、たくさんの愛情を与えてくれた。

どうか、幸せになってくれたらいい。

私も私なりに、幸せになるから。

なぜ私は——人は、表面だけで判断し、その人が見せたほんの一部をすべてだと思い込んでしまうのか。なぜ自分と違う人を受け入れられないのか。自分の目に映っているものばかりが真実に見えてしまうのか。なぜ背景や心情を知ろうともせずに、決めつけや思い込みで羨望し、嫉妬し——時に非難し、嘲り、見下し、排除するのか。なぜ〝静かに見守る〟ことができないのか。

その答えは、なんとなく見えていた。

きっと、人は誰しも心のどこかに孤独を抱えながら生きている。だから共感し合える相手を求めて〝自分と同じ人〟を探す。身近な人を〝自分と同じ〟にしたくなる。時に執着し、さらには〝自分と違う人〟を否定し、遠ざけ、攻撃してしまうこともある。その孤独は、自らが作り上げているものかもしれないのに。

誰かにそばにいてほしい。安心できる環境に身を置きたい。それはごく当たり前の感情のはずだ。私だってそう、心のどこかに孤独感はあるのだと思う。ひとりの時間は大好きだけど、それは〝誰か〟がいるという安心感があるうえでのひとりだ。ふと見渡した先がもぬけの殻だったら、もちろん寂しい。きっと耐えられない。

だからこそ——これは偏見が過ぎるだろうか——自分ではどうにもできない心の穴を埋めるため、そして安心感を得るための手段として〝恋をする〟〝家庭をつくる〟

が一番ポピュラーなのかもしれない。ひねくれている私は、そう考えた方がしっくりくる。

とはいえ、心の穴はそう簡単に埋まらないのだろう。そしてまた〝自分と同じ人〟を探すところに戻るのかもしれない。

だけど、私にとっての〝誰か〟は恋人や夫や子供でなくていい。

今はララがいる。行きつけのお店がある。一時期は疎遠になってしまっていたけれど、こうして会ってくれる友達がいる。会いたい人が、もっといる。

私は、それでいいのだ。

部屋に着くと、一目散に駆け寄ってきたララをぎゅうっと抱きしめる。ご飯をあげてからハーネスとリードを装着し、そしておもちゃをバッグに入れて、十分ほど散歩をしてから『喫茶こざくら』へ向かった。

そういえばあのバトル後どうなったのだろうと心配していると、窓越しに見えた結季さんとマスターは、いつも通り仲睦まじくワンちゃんを愛でていた。

幸せの象徴みたいに平和な光景に、心からの安堵と笑みが溢れた。

「ねえ、藍」

ララを抱き上げてドアハンドルを握る。

「私って強いのかな」

「なに言ってんの。強いでしょ。最強だよ。あたしもそうなりたい」

「私からすれば藍も強いと思うけど。強いっていうか、たくましい？」

「まじ？　じゃあうちら最強だねー」

「あはは、そうだね。……でも」

手に力を込めて、ゆっくりとドアハンドルを引く。

包み込むような眩《まばゆ》い光に、暗闇に慣れていた目を思わず細めた。

「もっともっと、強くなりたいな」

誰になにを言われても背筋を伸ばしていられるように。自分の足で立てるように。身近な人の生き方くらい静かに見守れるように。故意に人を傷つけないように。自分の選択を人にせいにしないように。大切なものを大切にできるように。自分で決めた生き方に、自分で責任を持てるように。

そうやって少しずつ、理想の自分になっていけたらいい。

END

あとがき

私は「まとめる」ということが恐ろしく苦手なので、小説を書くとき先にテーマを決めることがあまりありません。というか、テーマをいただいたり自分で決めたりしても執筆しているうちにどんどんずれてしまうんですよね（不思議です）。いつもあとがきに「こんな気持ちで書きました」とそれっぽく書いていますが、編集作業中に読み返しながら、私はたぶんこういうことを書きたかった……のかな……？と探り探り恐る恐る書いています。けっこう後づけです。なので「あとがき」がとてつもなく苦手です。

今作のテーマらしきものを後づけするなら、一面で判断しちゃいかんよね、だったのだと思います。そして私が大好きな、たくましい女の子を書きたかったのだと思います。

強いよね、とよく言われます。自分でも強いと思います。だけど昔から自他共に認めるほど強かったわけではありません。ポテンシャルみたいなものもあるかもしれないけど、強くなりたいと願いながら、強さってなんだろうと考えながら、そこを目指して生きてきたから強くなれたのだと思っています。そして今もずっと考えながら、目指し続けながら生きています。

私は、宝ものを大切にできる人間になりたかった。守られるより守る側の人間になりたかった。じゃあどうすればいいんだろうと考えたとき、強くなる以外に思いつきませんでした。ものすごく単純なんです、私。

私はたぶん、優しさのキャパがとても狭い人間です。周囲の人全員に優しくすることも思いやりを持つこともできません。そうしたいとも思いません。疲れるだけなので。

その代わり、大切な人には自分が持ちうる優しさを全力で注ぎたいし、大切な人がどんな一面を見せようと可能な限り受け入れたいし、たとえ受け入れられなくても否定はしたくない。決めつけたくないし、自分の理想像を押しつけたくもない。そんなことを、最近よく思います。

なにが言いたいのかわからないですよね。自分でもよくわかりません。

今までは曲がりなりにも作家なんだからいい感じのこと書かなきゃと少々かっこつけた「あとがき」を書いてきましたが、素で書くとこんな感じになってしまいます。だったらなぜ今回はかっこつけなかったのかというと、たぶん、一度めっちゃ素で書いてみたかったのだと思います。あまりにも苦手すぎて吹っ切れたのかもしれませんね（悪い方に）。

読者様からいただく感想は、いいものだけを抽出するとありがたいことに『切ない』『共感した』『泣いた』が多いと思います。もちろんありがたいのですが、ただ誤解を恐れずに言えば、切ない感じの描写やシーンに共感して涙していただくよりも、ラストに登場人物たちが前を向く姿に笑っていただけたらもっと嬉しいです。欲を言えば、自分もケリつけようかなって気持ちになってもらえたら光栄ですし、私（俺）だってかっこよくキメてやんよ！くらい思っていただけたら最高です。

『湿っぽい恋愛が美徳みたいになりがちだけど、泣くよりも笑う方がずっと素敵だと思う。笑っていられないような恋愛ならきっぱりやめちゃえばいい』

作中に書いた結季の台詞は、私がずっと、一番読者様に伝えたかったことです。

まあなんというか、悲観してうじうじめそめそするくらいなら、たとえ強がってでも笑いながら生きていきませんか。ひとりじゃしんどいなら、よかったら私と一緒に。

作品を通して私と出会ってくださった全ての皆さまに、多大なる感謝とささやかな愛を込めて。

二〇二五年　二月二十八日　小桜菜々

小桜菜々先生への
ファンレター宛先

〒104-0031東京都中央区京橋1-3-1
八重洲口大栄ビル7F
スターツ出版(株)書籍編集部気付
小桜菜々 先生

そのエピローグに私はいない

2025年2月28日初版第1刷発行

著　者　小桜菜々

発行者　菊地修一

発行所　スターツ出版株式会社
〒104-0031東京都中央区京橋1-3-1
八重洲口大栄ビル7F
TEL 03-6202-0386(出版マーケティンググループ)
TEL 050-5538-5679(書店様向けご注文専用ダイヤル)
URL https://starts-pub.jp/

印刷所　大日本印刷株式会社
Printed in Japan

ISBN　978-4-8137-9424-0　C0095